民国诗学论著丛刊

叶嘉莹 主编
陈斐 执行主编

最淺學詩法 最淺學詞法

傅汝楫 著
沙先一 整理

文化藝術出版社
Culture and Art Publishing House

图书在版编目（CIP）数据

最浅学诗法·最浅学词法 / 傅汝楫著；沙先一整理. —北京：文化艺术出版社，2017.8
（民国诗学论著丛刊 / 叶嘉莹主编，陈斐执行主编）
ISBN 978-7-5039-6269-1

Ⅰ. ①最… Ⅱ. ①傅… ②沙… Ⅲ. ①古典诗歌—诗歌创作—创作方法—中国 Ⅳ. ① I207.21

中国版本图书馆 CIP 数据核字（2017）第 041383 号

最浅学诗法·最浅学词法
（民国诗学论著丛刊）

主　　编	叶嘉莹
执行主编	陈　斐
著　　者	傅汝楫
整 理 者	沙先一
丛书统筹	陶　玮
责任编辑	周进生　刘宇灿
版式设计	顾　紫
出版发行	文化艺术出版社
地　　址	北京市东城区东四八条52号　（100700）
网　　址	www.caaph.com
电子邮箱	s@caaph.com
电　　话	（010）84057666（总编室）84057667（办公室） （010）84057696—84057699（发行部）
传　　真	（010）84057660（总编室）84057670（办公室） （010）84057690（发行部）
经　　销	新华书店
印　　刷	国英印务有限公司
版　　次	2018年8月第1版
印　　次	2018年8月第1次印刷
印　　张	7.125
字　　数	135千字
开　　本	880毫米×1230毫米　1/32
书　　号	ISBN 978-7-5039-6269-1
定　　价	42.00元

本丛刊个别作者未能取得联系，请相关人士尽快与我社联系办理版权事宜。

联系电话：（010）84057672　（010）84057604

整理说明

一、本丛刊抱着"发潜德之幽光,启来哲以通途"的宗旨,主要选刊民国时期(1912—1949)成书的、学术价值或普及价值较高的、与诗词曲等广义的古典诗歌相关的论著。少数与诗歌密切相关的文学理论、文学批评、文学史著作,或成书于晚清的有价值的此类著作,以及同时期相关的汉学著作,亦适当收录。诗话、词话及新诗研究论著等,因为已有相关大型文献资料集出版或列入出版计划,故暂且不予收录。

二、本丛刊秉持开放包容的态度,期望较为全面地呈现民国诗学研究的多元气象;按照撰著内容和体例,大致分为"史论编""法度编""选注编"等编,分辑滚动推出,每编每辑十种左右;优先选刊1949年以后没有整理出版过的著作,以节约出版资源。

三、每部拟刊论著,我们都约请相关专家进行整理,并在前面撰写一篇"导读",介绍该著的作者生平、成书经过、学术背景、主要观点、诗学价值、社会影响等,以引导读者更好地理解原著。

四、整理时,以原著内容最全、文字最精的版本为底本,参校其他版本（如手稿本、期刊连载版等）和相关书籍，修订原版讹误，参照古籍整理规范出校勘记。校勘一般只校是非，不校异同。凡底本"误脱衍倒"者，皆据他本或他书订正，并出校记。引文与所引著作之通行本文字不同者，只要文意顺畅，亦读得通，一般不改动原文、不出校记。显著的版刻错误，如笔画讹误、不见字书者，或"日曰""末未""己已巳""戊戌戍"混同之类，如果根据上下文足以断定是非，一律径改，不出校记。注文中的魏妥玛注音，统一改为现代汉语拼音，但不出校记。为避烦琐，校记中征引他书，仅注明书名及页码，卷末另附"本次整理征引文献"，详列作者、书名、出版社、出版年等信息。

五、原版为繁体竖排，现统一改为简体横排，并参照最新版国标《标点符号用法》及古籍整理规范加以新式标点。繁体字、异体字一般改为规范的简体字；容易引起误解的人名、地名用字，通假字或民国时期特有的虚词（如"底"）等，则保留原貌。因版式改动，原版行文中提到的"右文""如左""左表"等，统改为"上文""如下""下表"等。

六、一些论著提到的外国人名、地名、书名等，译法与今日或有不同，为保存原貌，不作改动。个别论著的极少数提法，或有一定时代局限性，为保存原貌，亦不作删改，望读者鉴之。

七、我们的整理目标是争取形成可以传世的、雅俗共赏的"新定本"，但古人云："校书如扫落叶，旋扫旋生。"尽管我们僶勉从事，或疏漏在所难免，恳请方家赐正。

总序

1912年清帝逊位至1949年中华人民共和国成立,一般称为民国时期。这一时期,虽然政局不稳、战乱频仍、民生凋敝,但思想、学术、文化却自由活跃、异彩纷呈。主编过"中国现代学术经典"丛书的刘梦溪先生认为:"中国现代学术在后'五四'时期所创造的实绩,使我们相信,那是清中叶乾嘉之后中国学术的又一个繁盛期和高峰期。而当时的一批大师巨子……得之于时代的赐予,在学术观念上有机会吸收西方的新方法,这是乾嘉诸老所不具备的,所以可说是空前。而在传统学问的累积方面,也就是家学渊源和国学根底,后来者怕是无法与他们相比肩了。"[1]

的确,民国学人撰写的学术论著,虽然限于物质条件和学科发展水平,有些知识需要更新,有些观点有待商榷,有些论述还要深化……但仍然接续、充盈着中国固有学术的人文义脉和精魂,更具有为国家民族谋求出路、积极参与当前文化建设的现实关怀,更具有贯通古今、融会中西、打通文史哲、将创

---

[1] 刘梦溪:《中国现代学术要略》,生活·读书·新知三联书店2008年版,第123—124页。

作和研究相结合的开阔视野和博通气象，更具有"文章千古事，得失寸心知"（杜甫《偶题》）的传世期许和实事求是、惜墨如金的朴茂之风。这在人文学术研究显现出"技术化""边缘化""碎片化""泡沫化"等不良倾向的今天，颇有借鉴意义。而且，那时的不少论著奠定了后续研究的基本框架，不管就论析之精辟还是与史实之契合而言，都具有较高的学术价值。《中国诗学》主编蒋寅先生即深有感触地说："最近为撰写关于本世纪中国诗学研究史的论文，我读了一批民国年间的学术著作。我很惊异，在半个世纪前，我们的前辈已将某些领域（比如汉魏六朝诗歌）的研究做到那么深的境地。虽然著作不太多，却很充实。相比之下，80年代以来的研究，实际的成果积累与文献的数量远不成比例。满目充斥的商业性写作和哗众取宠的、投机取巧的著作，就不必谈了，即使是真诚的研究——姑且称之研究吧，也存在着极其庸滥的情形。从浅的层次说，是无规则操作，无视他人的研究，自说自话，造成大量的低层次重复。从深层次说，是完全缺乏知识积累的基本学术理念……许多论著不是要研究问题，增加知识，而是没有问题，卖弄常识。"[1]

陈寅恪先生曾将佛学刺激、影响下新儒学之产生、传衍看作秦以后思想史上的一"大事因缘"[2]。近代以来的大事因缘，

---

[1] 蒋寅：《热闹过后的审视》，载《文学评论》1996年第5期。
[2] 参见陈寅恪《冯友兰中国哲学史下册审查报告》，《金明馆丛稿二编》，生活·读书·新知三联书店2015年版，第282页。

无疑是在西学的刺激、影响下发展本土学术。中国传统学术需要外来学说、理论的刺激与拓展，既是谁也阻挡不了的必然趋势，也是时代惠赐的绝佳良机。中华民族一向不善于推理思辨，更看重文学的实用价值、追求纵情直观的欣赏。中国语文亦单体独文、组词成句时颇富颠倒错综之美。而且，古代书写、版刻相对比较困难，文人往往集评论者、研究者、作者、读者等多重身份于一体，彼此间具有"共同的阅读背景、表达习惯、思维方式、感受联想"[1]等等。凡此种种，决定了"中国文学批评的特色乃是印象的而不是思辨的，是直觉的而不是理论的，是诗歌的而不是散文的，是重点式的而不是整体式的"[2]。反映在著述形态中，便是多从经验、印象出发，以诗话、序跋、评点、笔记、札记等相对零碎的形式呈现，带有笼统性和随意性，缺乏实证性和系统性。近代以来，不少有识之士如梁启超、王国维等先生，在西学的熏沐、刺激下憬然而醒，积极汲取西方理论和方法，为中国传统学术研究开辟出一片崭新的天地。胡适、傅斯年等民国学人沿着他们的足迹，在"救亡图存"的时代旋律鼓动下，掀起蓬蓬勃勃的"新文化运动"，更加全面地引入西方理论、观念、方法、话语等，按照各自的理解和方式应用在"整理国故"实践中，在西学的参照下重建起现代学术。此后中国学术的发展，大体是在他们奠定的基础上拓展、深化。

---

[1] 叶嘉莹:《王国维及其文学批评》，北京大学出版社2014年版，第118页。
[2] 同上书，第111页。

民国学人的开辟、奠基之功，可谓大矣！

中华民族素来以"承百代之流而会乎当今之变"（郭象注《庄子·天运》语）的观点看待历史和当下的关系。[1]我们生逢今日之世，接续传统、回应西学，实为需要承担的一体两面之重任，缺一不可：对自己的文化传统没有继承，就没有东西和别人交流，永远趴在地上拾人遗穗，甚或没有鉴别力，将"洋垃圾"当"珍宝"供奉；而故步自封、无视西学，又会错失时代赋予我们的创新良机，治学难以"预流"。[2]相对而言，经历了百余年欧风美雨的冲刷和众所周知的劫难之后，如何接续传统越来越成了问题。特别是改革开放以来，学术界和出版界携手，大量译介西方人文社会科学理论著作和海外汉学研究论著，如影响颇大的"汉译世界学术名著"和"海外中国研究"丛书等，皆有数百种之多。这些论著的译介，于本土人文学术研究开拓视域、更新方法等功不可没，但同时，学界也仿佛患了"失语症"，出现一味模仿海外汉学风格的不良倾向。"只要西方思想

---

[1] 参见刘家和《史学在中国传统学术中的地位》，《史学、经学与思想：在世界史背景下对于中国古代历史文化的思考》，北京师范大学出版社2005年版，第88页。

[2] 这里借用陈寅恪先生的说法。陈先生治学，有强烈的"预流"意识，在《陈垣敦煌劫余录序》一文中他说："一时代之学术，必有其新材料与新问题。取用此材料，以研求问题，则为此时代学术之新潮流。治学之士，得预于此潮流者，谓之预流（借用佛教初果之名）。其未得预者，谓之未入流。此古今学术史之通义，非彼闭门造车之徒，所能同喻者也。"（陈寅恪：《金明馆丛稿二编》，第266页。）

稍有风吹草动（主要还是从美国转贩的）"，便有人"兴风作浪一番，而且立即用之于中国书的解读上面"[1]。这种模仿或套用，不仅体现在研究方法和论题选择上，有时甚或反映在价值取向和情感认同中。有学者将这称为"汉学心态"，提到文化上的"自我殖民化"的高度予以批判。[2] 在此背景下，自言"一生受的教育都是西方文化影响下的'新学'教育"的费孝通先生，晚年阅读陈寅恪、梁漱溟、钱穆等前辈的著作，敏锐思考和回应信息交流愈来愈便捷的全球化时代民族文化转型的挑战，提出了"文化自觉"这个获得广泛共鸣的议题，呼吁当下最紧迫的是培养"能够把有深厚中国文化根底的老一代学者的学术遗产继承下来的队伍"[3]。学术是文化的核心，"学术自觉"是"文化自觉"的应有之义和关键所在。近年哲学界"中国哲学合法性"、文学界"传统文论的现代转化"、美术界"构建中国美术观"等讨论颇热的话题，皆可看作本土"学术自觉"的表征，共同汇聚成"构建中国特色哲学社会科学"这一时代命题。[4] 站在这样的角度考虑问题，民国学人的论著无疑可以给我们带来丰

---

[1] 余英时：《怎样读中国书》，《余英时文集》第8卷，广西师范大学出版社2014年版，第395页。

[2] 参见包伟民《走出"汉学心态"：中国古代历史研究方法论刍议》（载《中国社会科学评价》2015年第3期）、顾明栋《汉学与汉学主义：中国研究之批判》（载《南京大学学报》2010年第1期）等文。

[3] 费孝通《关于"文化自觉"的一些自白》，载《学术研究》2003年第7期。

[4] 参见习近平《在哲学社会科学工作座谈会上的讲话》，载《人民日报》2016年5月19日。

富的启示。

　　民国时期是中国社会从传统到现代的转型期，中西思想文化、旧学新知碰撞、交融发生的"化合"反应，远比我们想象的要复杂得多：既有固守传统观念、家数者，也有采用新观念、新方法者，还有似新却旧、似旧还新、新旧间杂者……只不过长期以来，在"西学东渐"的大背景下，我们对这段学术史的梳理、回顾往往彰显、肯定的是那些和西学类似的论著及面相。然而，在构建中国特色哲学社会科学、提升理论创新能力成为时代命题的崭新历史条件下，恰恰是那些被遮蔽的论著及面相，更具有参考价值。因为治学如积薪，以对西学的理解、借用而言，我们已后来居上，倒是这些论著在古今中西的通观视域中，坚守民族文化本位立场，汲取西方学术优长，进而促进优秀传统文化创造性转化和创新性发展的尝试和努力，长期以来被以"保守""落后"的判词给予了冷眼、否定，今天值得换一种眼光、花点工夫好好提炼、总结，因为这正是我们构建中华自身学术体系的可能萌蘖。诗学研究因为与创作体验、母语特性、民族心理、文化基因等关系更为密切，这方面的借鉴意义显得尤其迫切、突出。

　　我们欣喜地看到，最近几年，喜欢欣赏、创作诗词的朋友在逐渐增多，中小学加大了诗词教学比重，《中共中央关于繁荣发展社会主义文艺的意见（2015年10月3日）》亦强调"做好古籍整理、经典出版、义理阐释、社会普及工作"，加强对中华诗词出版物的扶持。[1] 全社会越来越意识到诗词之于陶冶情操、净化风气、传承中华优秀文化基因的重要性。不过，我们也要清醒地认识诗词传承面临的严峻形势。毋庸讳言，当下诗词氛围已十分稀薄，能够切理餍心、鞭辟入里地解说诗词或将诗词写得地道的人非常罕见。大多数从事诗学研究的学者已不再创作，现行评价、考核体系要求于他们的，不过是从外部审视、抽绎出种种文学史知识，这很难说能触及中华诗词的真血脉、真精魂。在此情势下，与其组织人马"炮制"一些隔靴搔痒、搬来搬去的"新著"，不如将传统文化氛围还很浓郁、诗词仍以"活态"传承着的民国时期诞生的有价值的论著重新整理出版：一方面，使饱含着先辈心血的精金美玉不至于湮没在历史的尘埃中；另一方面，也使当下喜欢诗词的朋友得识门径，由此解悟。这里特别需要说明的是，任何艺术都有一定的规则、法度，中华诗词的欣赏、创作亦然。初学者尤其需要通过深入浅出、简明扼要的入门书籍指引，掌握规则、法度。然而，又没有万能之法，"在丰富生动的创作实践中，任何'法'都会有失灵的时候；面对浩如烟海的作品，任何'法'都会有反例存在"[2]。由"法"达到对"法"的超越，进而"以无法为法"（纪昀《唐人试律说·序》），"行乎其所不得不行，止乎其所不得不止。

---

[1] 参见《中共中央关于繁荣发展社会主义文艺的意见（2015年10月3日）》，载《人民日报》2015年10月20日。
[2] 陈斐：《南宋唐诗选本与诗学考论》，大象出版社2013年版，第208页。

无用法之迹，而法自行乎其中"（李锳《诗法易简录》），才是中华诗词欣赏、创作的向上之路，希望大家于此措意焉。

近年来，随着逐渐升温的"国学热""民国热"，诸家出版社纷纷重版民国国学研究著作，陆续推出了不少丛书，如东方出版社的"民国学术经典文库"、江苏文艺出版社的"北斗丛书"、吉林人民出版社的"大师国学馆"、岳麓书社的"民国学术文化名著"、知识产权出版社的"民国文丛"、中国社会科学出版社的"民国学术经典丛书"等。这些丛书虽然也涉及了诗学论著，但往往是王国维《人间词话》、龙榆生《中国韵文史》、吴梅《词学通论》等少数几部。其实，还有很多具有较高学术价值或普及价值的民国诗学论著，1949年以后从来没有点校重版过。最近几年出版的"民国时期文学研究丛书""民国诗歌史著集成""民国诗词作法丛书""民国诗词学文献珍本整理与研究"等丛刊，虽然较为集中地收录了民国诗学研究某一体式或某一领域的论著，但或影印或繁体重排，都没有校勘记，且大多不零售，定价普遍较高，虽有功学界，然不便普及。有鉴于此，我们拟选编整理一套兼顾学术性和普及性的诗学专题文献库——"民国诗学论著丛刊"，以推动中华诗词的研究、创作和普及。

我们这次整理"民国诗学论著丛刊"，抱着"发潜德之幽光，启来哲以通途"的宗旨，在扎实、详细的书目调查的基础上，主要选刊民国时期成书的与诗、词、曲等广义的古典诗歌相关的论著。在理论、观念、方法、话语乃至撰著形态、体例等方面，则秉持开放包容的态度，古今中西兼收并蓄，以较为全面地呈现民国诗学研究的多元气象和立体景观。在实际操作中，大致按照撰著内容和体例，分为"史论编""法度编""选注编"等编，分辑滚动推出。"史论编"主要选刊诗学史论著作，如梁昆《宋诗派别论》、宛敏灏《二晏及其词》等；"法度编"主要选刊谈论、介绍诗词创作法度、门径的书籍，如顾佛影《填词百法》、顾实《诗法捷要》等；"选注编"重刊有价值的诗歌选本或注本，重要者加以校注、赏析。当然，这只是大致的分类。民国学人往往能够将创作和研究相结合，他们撰写的不少史论著作亦有介绍作法的内容，不少讲解法度的书籍亦会涉及史论，我们不过根据内容偏重及著作题名权宜区分罢了。诗话、词话及新诗研究论著等，因为已有"民国诗话丛编""中国新文学大系""民国文学珍稀文献集成"等大型文献资料集出版或列入出版计划，故暂且不予收录。

每部拟刊的论著，我们都约请在该领域有专门研究的功底扎实、学风谨严的中青年学者进行整理，并在前面撰写"导读"，以引导读者更好地理解原著。整理时，我们征询专家意见，制定了详密的工作细则，既改繁体竖排为简体横排，又参照古籍整理规范出严格的校勘记，争取形成可以传世的、雅俗共赏的"新定本"。版式、用纸、装帧等方面，则发扬讲究细节、精益求精的"工匠精神"，以提高阅读率为标的，处处流露着为读者考虑的温情。这些看似小事，实则关乎民族文化的传承和国民素养的提升。资深出版人、中华书局原副总编辑程毅中先生就曾指出，在商业利益的驱动下，现在很多出版社和书店都喜欢出版、销售大部头、豪华版的书，这些书定价高，消耗的纸浆和能源也多，但手里拿不动，不便于阅读和随身携带，对阅读率有负面影响。[1] 我们充分考虑到了读者朋友在节奏紧张、时间零碎的现代社会里的阅读需求，所收论著都是内容丰实、装帧便携的"贵金属"，人们在地铁上、候车时、临睡前、旅途之中、工作之余、休闲之刻……都可以顺手翻上几页，随时接受中华诗词的浸润，从而切切实实地提高国民的图书阅读率，为接续诗词命脉、传承中华优秀文化基因、营建"书香社会"略尽绵薄。

总之，精到稀见的选目、中肯解颐的导读、专业严谨的整理、美观大方的装帧，是我们的"民国诗学论著丛刊"为坊间类似丛书不可替代的鲜明特色及核心竞争力所在。感谢文化艺术出版社杨斌、郝庆军、陶玮等领导与编辑们的大力支持，让我们酝酿多年的设想从内容到形式都能得到近乎理想的实现。从会议结束后的偶遇交谈到正式签订出版合同，不到一周时间，这种一拍即合的灵犀相通亦堪称一段佳话。感谢众多专家、学者的耐心指导和辛勤耕耘！正是共同的发扬、传承中华诗词的

---

[1] 参见李小龙《丹铅绚烂焕文章——程毅中编审访谈录》，载《文艺研究》2017年第1期。

责任感和使命感让我们走到了一起,"正其谊不谋其利,明其道不计其功"(《汉书·董仲舒传》)。希望越来越多的读者喜欢这套丛刊,由此领略中华诗词之美;希望越来越多的学者为我们出谋划策或加入我们的整理团队,一起呵护好这项功德无量的出版工程,让千载不磨之诗心在我们和后辈的生命中得到生生不已的感发!

2016年10月28日草稿

2016年11月1日修订

导读

　　《最浅学诗法》《最浅学词法》1920年由上海大东书局出版印行，是民国年间编著较早的指导诗词写作的书籍，也因其编著时间早，体例合理，方法由浅而深，内容简汰精当，当时深受大家的青睐，民国年间多次重印。

　　关于编著者傅汝楫的生平，我们却知之甚少。通过对各种文献资料的查找，最后得到的仍然是一个模糊的大致印象。傅汝楫，字浥尘，毕业于江西法政专门学校。《最浅学诗法》版权信息上说他是杭县人（其他一些文献如《江西财政纪要》等，则说他是绍兴人），曾任江西虔南县知事。1949年7月赴台湾，任台湾省文献委员会专任委员。著有《江西商务志》《中国货币史》《陶史》等，编有《江西特税纪要》（与翁燕翼合编）、《江西财政纪要》等，可见其兴趣偏重于地方经济史料的整理与研究。

　　因为对傅汝楫的生平了解甚少，对两书的成书过程也就难以获取更多的信息。我们仅就《最浅学诗法》《最浅学词法》的内容、价值略加介绍，希望对读者有所助益。

一

《最浅学诗法》包括导源、谐声、习诵、造句、辨体、缀韵、明法、程序、忌病、取材等十个章节，涉及诗歌创作的各个方面。傅汝楫编著此书的目的是为初学者指示学诗的门径，所以，他十分注意门径梯航的精心安排，创作方法的金针度人，对于初学者应注意回避的问题也给出了精心的提示，语言浅近，趣味性强，易于初学者领会贯通。

首先，编著者匠心独具，为初学者安排学诗的门径梯航。本书十个章节的顺序安排，体现了傅汝楫对学诗门径的理解，使初学者能够从兴趣入手，从诗歌的渊源入手，掌握诗歌的诵读之法，学会诗歌的造句之法，同时注意诗歌的体式、用韵、需要规避的弊病等。

其次，指示方法，金针度人。对于初学者而言，不得要领往往如坠五里雾中，因此，学诗的方法就显得尤为重要。傅汝楫十分重视方法的指示，譬如，《习诵》中结合《唐诗三百首》讲解诗歌诵读之法；《造句》中结合七言律诗讲授单句回环法、双句辘轳法等，使初学者可循此领会掌握其他诗歌体式的造句之法；《明法》中结合具体诗歌讲授起、承、转、合之法。

再次，提示诗歌创作的禁忌，或者说诗歌创作需要回避的问题。诗歌作为韵文的一种，在形式上、韵律上、内容上有相应的文体要求，初学者应特别注意回避相关问题。如《缀韵》

指出的诗歌用韵之八戒。《忌病》在介绍四声八病之说后，指出八病过于严苛，即使是当时的提倡者都不能完全遵循，再加上偏重于声律，初学者不必以此为准绳，但必须明白五忌，即"格弱""字俗""才浮""理短""意杂"。

此外，傅汝楫还用较大的篇幅介绍诗歌文体、发展历程。《辨体》讲解了古代诗歌的各种体式、文体特征、写作时需要注意的问题等，可谓一部简洁的古代诗歌文体史。《取材》告诫初学者，学诗应取法乎上，并结合历代诗歌发展进程、经典作家创作的成就得失等，指导初学如何向前贤取法借鉴。这些内容除了具有指示方法的作用外，也有利于初学者了解、掌握古代诗歌史的相关知识与发展规律。

为更好地认识《最浅学诗法》所指示的创作方法、师法门径、诗学知识与创作禁忌，我们结合具体的章节，略作分析。

《导源》一章中，傅汝楫没有采取通常的做法，将诗歌的源头追溯到诗三百，而是另辟蹊径，从民间歌谣说起。民间歌谣便于吟诵，再附上有关歌谣的故事传说，可以更好地引起读者的兴趣，有了兴趣就可以学习写作诗歌。傅汝楫指出，学诗第一步重在诵读诗歌，当然，诗歌的诵读还需要注意次序与方法。傅汝楫在《导源》中罗列三十四篇歌谣，供读者涵咏。让读者在熟诵歌谣的基础上再去读《唐诗三百首》，循序渐进地达到"熟读唐诗三百首，不会作诗也会吟"的效果。

自沈约创立平、上、去、入四声之说开始，诗歌的声律系统日趋精密，在漫长的实践中形成了一套固定的具有音乐美感的规范。《谐声》中，傅汝楫认为作诗要从读诗开始，四声的练习也要从诵读着手。口部的发音主要是喉、舌、唇、齿四个部位，其中舌音又包括舌端音和半舌音，唇音则分清、浊两种，齿音也有牙音、齿头音和半齿音的区别。每一个字都有既定的发音部位与方法，在练习的时候需要细致地加以辨别。诵读时能够区分四声，作诗选声的时候就能够游刃有余、事半功倍。诗歌中，平声为平，上、去、入三声则属于仄，平仄经过不同的排列组合就形成了诗歌的格律。《谐声》中各列出了五律和七律的两种格律形式。五绝和七绝的格律则是取用五律和七律的一半。针对"一三五不论，二四六分明"的说法，傅汝楫又做了一番说明，引用王士禛"律句正要辨一三五，俗云一三五不论，怪诞之极"的说法，告诉读者"调诗平仄，终以少差为是，幸勿借此以自便也"。同时，傅汝楫也指出：作诗时，虽然不必字字都合格律，但是也有一些不可违背的要求。譬如，如果出句第五字用仄声，那么，第二字必须用平声；落句第五字用了平声，则第四字必须用仄声等等。傅汝楫还为想要深入了解声律的读者推荐了王士禛的《古诗平仄论》及赵执信的《声调谱》两书。

《习诵》显然是承上两章而来，继续谈音律问题。作诗要从读诗开始，读诗应注重步骤，先古诗，后律诗，注意分、合、缓、急各种读法。《习诵》结合《唐诗三百首》具体而微地指示古今体诗的读法，将《谐声》中关于诗歌写作的声律、平仄等落到实处，便于初学者领会。具体来说，傅汝楫将《唐诗三百首》分成三个部分来指示诵读之法：古体诗的读法；五言诗的读法（包括五律和五绝）；七言诗的读法（包括七律和七绝）。每一类之下，又做了简要的说明。譬如，读古体诗要由短至长，循序渐进，同时要注意五、七古用韵和音节的特点。五言近体诗的句式大致可以分为三种：上二下三、上一下四和上四下一。这三种句式的读法并没有太大的差异，"于第二字读出，略一顿挫，至第四字，则曼声引长，而后出第五字"。七言近体诗的句式则主要分为两种：上四下三和上二下五。这两种句式的读法则有些不同，"前者于第四字读出之后略一顿挫，再接下三字；后者则于第二字读出之后，再接下五字"。《习诵》中结合《唐诗三百首》讲解诗歌诵读之法，特别强调诗歌的合读、分读、急读、缓读，通过这样的方法可以让初学者更好地欣赏诗歌声情之美，领会声律平仄的运用规则。

同样，第六章《缀韵》也是谈诗歌的声律问题，与《谐声》谈四声、平仄，《习诵》谈诵读之法不同，《缀韵》主要探讨诗歌的押韵及相关规则。傅汝楫追述了声韵的产生与发展，对音韵由简单到精密的发展过程做了较为细致的梳理。他对音韵学史上的一些重要著述，如《四声切韵》《四声类谱》等做了系统的介绍，有利于读者了解相关的音韵学知识。之后，傅汝楫又结合具体诗歌用韵情况，对缀韵之法与需要避免的弊病做了分析。譬如，指出作古诗可以转韵，但只能在偶数句换韵；押韵又有凑韵、落韵、重韵等八种需要回避的问题。

掌握了诗歌创作的声律法则之后，紧接着是学习诗歌如何"造句"。傅汝楫指出先掌握对仗，对仗既工，乃可以"造句"。对仗讲究字以类从，简而言之，主要是字意与字的性质要对应。如草木类对草木类，人情类对人情类；动词对动词，量词对量词等。练习对仗也可以从一字对开始，逐步对至五字、七字。诗歌造句要强调新颖，因为新颖可以使板滞的对仗句式变得灵活生动，富有韵味。关于造句的方法，傅汝楫列举了单句回环法、双句辘轳法等十种，在掌握这十种方法的基础上，还可以根据诗歌的立意、抒情等特点，加以推陈出新。

旧体诗歌并非句句都需要对仗，至于是否需要对仗，如何对仗，还要取决于诗歌的体式。因此，第五章《辨体》主要就是结合诗的体式来论述作诗之法，同时，也对前代诗人做了简要的点评。傅汝楫在《辨体》一章中，首先谈到的是今体诗，即五、七言律绝，主要讲述其对仗之法。律诗的首尾两联可对可不对，颔联和颈联则必须对仗。绝句的字句可对可不对，可全对可不全对。不全对则有一、二句对，三、四句不对，或一、二句不对，三、四句对。排律的对偶则是律诗的扩张，格律、对仗的要求与律诗并无不同。其后，傅汝楫又分门别类地讲解了古体诗与杂体诗，尤其是对杂体诗的讲解十分详细，分为杂句者、拗体者、四声者、杂韵者等等，一一进行了介绍，详实易懂。同时，《辨体》也对唐代的一些诗人和诗篇做了简要地点评，如评杜甫的五言律诗是"大含细入，笼罩百家"，七言律诗则"横绝今古"，但也认为杜甫的七绝不能称为"当行独步"。此外，还点评了王维、孟浩然、李白、韩愈、李商隐等人的诗作，提供了一些可资借鉴的观点。同时，傅汝楫对崔颢的《黄鹤楼》存有一些疑义，认为"举一切声律对偶，悉破坏之，则奚如迳为古风之得乎？贤者之过，后人无效厥尤可也"，具有一定的学术价值。

第七章《明法》结合具体诗歌讲授起、承、转、合之法。诗歌的起、承、转、合都有一定的技巧与要求。诗歌的起句可分明起、暗起、陪起、反起、呼问起、颂扬起、感叹起等，文中均结合具体的诗例详细地予以说明。承句要接得精密，且要为转句留有余地。转句要写得灵动，不能板滞，有进一层转、推一层转和反转等方法可以借鉴。合句则要能够收束全诗，点明立意等。可以说，傅汝楫对学诗之法的讲授便于初学掌握，其中的一些方法多被民国其他类似著作所采用。《明法》是从诗歌内部的起承转合来谈作诗方法，第八章《程序》则是谈论作诗的梯航之法。傅汝楫指出学诗的步骤：先学韵文，再学诗；先学古体，再学今体；先学五言，再学七言。个中缘由，文中也一一做了说明。先写韵文，熟悉琢句、炼字、修辞、缀韵等方法，然后再去写诗就会有驾轻就熟之感。相对于今体诗而言，古体诗受声病对偶的约束较少，遣词造句也都更加灵活自由，便于摸索诗法，总结经验，因此学作今体之前最好先学古体。作七言诗的难度要比五言诗大得多，且作七言的禁忌也更多一些，因此要先从五言入手，由简到繁，由易入难。

最后两章《忌病》和《取材》。《忌病》主要讲作诗的禁忌，首先谈论了沈约的八病之说，即平头、上尾、蜂腰、鹤膝、大韵、小韵、傍纽、正纽。傅汝楫指出，初学者不必严格遵守这八条要求，只要能够体现出性灵，发挥出天机，也可以酌情裁夺。同时又结合具体的诗作指出有五种不可触犯的禁忌：格弱、字俗、才浮、理短、意杂。《取材》则是按照诗歌流变的脉络，点评历代大家名作，为初学者树立师法对象。傅汝楫强调诗歌取材要以《诗经》为本，《诗经》"资材宏富，无美不臻，无体不备，足为万世取法也"。然后，傅汝楫又历数历代名家名篇，点出其特点与长处，供初学者取用。其中，点评汉魏至唐朝的诗歌时，傅汝楫对其人其诗的风格做了简洁的概括。对于宋诗，则侧重于勾勒流派与师承关系，少有谈及所列举的诸家诗作的风格特征。在金元明之际的诗人中，傅汝楫推重元好问和刘基两家。至于清朝部分，傅汝楫的点评多少有一些差强人意。当然，这也并非是他个人的原因，而是清诗研究还没有展开的大背景使然。初学者需要留心于此，不必拘泥于傅汝楫的说法。

总而言之，《最浅学诗法》在章节内容、顺序安排、门径方法、禁忌回避等方面，都体现了编著者的精细思考与匠心安排，因此，对指导初学具有较高的价值。从1920年初版到1935年，大东书局出版印行了9版，足见此书在民国年间的广泛影响。

二

词为诗余，创作方法与诗也有很大的差别。因此，与《最浅学诗法》偏重于指示门径、方法、禁忌等不同，《最浅学词法》则侧重于填词常识与规则的讲解、介绍。作为一部指导初学者填词的教材，我们在评价介绍时，就不能从学术价值、创新观点等方面入手，而应该立足于它为初学者学习填词提供的相关知识谱系。

首先，从经验传授到知识谱系的建构。相对于明清词学而言，《最浅学词法》体现了由传统词学注重经验向民国词学侧重知识谱系建构的转变。明清填词，指示初学，往往借助于词籍选本，如张惠言《词选》、黄苏《蓼园词选》、周济《词辨》等，都是为指导初学而编选。通过作家作品的遴选，提供师法模仿的范例，借助于对词作的评点，开示词法，指导填词。《最浅学词法》则试图构建一个学词的知识体系，从词的渊源、体式、宫调、声韵、格律、填辞、立式等方面，为初学者提供填词所需要掌握的一般知识，从而具有了某种现代学术意味。当然，这并非傅汝楫的首创，而是在清末民初词学发展的整体背景下，对前贤的取资借鉴。譬如，谢无量的《词学指南》(1918年)，此书与谢氏所编《诗学指南》相辅而行，由"词学通论"和"填词实用格式"两部分组成。"通论"包括起源、体式、作法、词评、词韵等，但其着眼点仍在"填词"上，所以"填词使用格式"具体地以图谱的形式说明某词、某调之平仄、叶韵等。再如，王蕴章的《词学》与费有容的《诗学》、许德邻的《曲学》合辑为《文艺全书》刊行，其中《词学》由溯源、词体、词谱、词韵、词派、作法等组成。这些书籍的编写给傅汝楫提供了有益的参照。

其次，注重词体文学音乐特性的讲解。词在唐五代被称为曲子词，本可以合乐而歌。宋代以后，词乐失传，后世转而注重词律与词韵的讲求。明朝乃至清初词人所用的词韵、词谱大多是曲韵、曲谱。填词用曲韵淡化了词体的特征，一定程度上导致了词体的俗化与曲化，成为明词衰微的原因之一。清人有意重振词学，一方面师法、追步宋人，一方面反思明代的词学，尝试建立规范的音韵体系。由此，清人编纂了大量的词谱、词律、词韵著作，其中万树的《词律》、戈载的《词林正韵》价值较高，影响亦广，与朱彝尊的《词综》并为"词家必备之书"。晚清民国时期，伴随着西学东渐，西方的乐理知识也传入中国，梁启超等近代启蒙思想家试图模仿西方音乐教育的形式来号召、启蒙民众，因此，在新体乐歌盛行的文化背景下，词的音乐性比文学性更为大家所重视。《最浅学词法》也受到这一观念的影响，全书共七章，其中《论韵》《考音》《协律》三章介绍词的宫调、词韵、词律等方面的知识，偏重于词的音乐性。宫调、词韵、词律属于专门之学，两宋以来论者颇多，然而或过于深奥，或过于繁杂，往往不便初学。傅汝楫在广泛征引、借鉴前贤的基础上，精心剪裁，重新编辑，一定程度上有利于初学者认识、领会词体文学的音乐特性。

《论韵》主要撮录了戈载的《词林正韵》。作为词韵学的集大成之作，清中叶以后，《词林正韵》被倚声家视为填词之圭臬。傅汝楫摘引其文，论述了词韵与诗韵、曲韵的区别，落腔，随律押韵，以方（言）音叶韵等问题。因为明词的曲化，延至清初，这一弊病依然存在。故而，对初学者而言，首先要认识到词韵与曲韵的区别。曲韵中平、上、去可以通叶，且没有入声，词则必须用入声之调，这是它们的差别。曲韵中存在以入声叶作三声的用法，词韵亦然，这是词韵与曲韵的共通之处。如："晏几道《梁州令》'莫唱阳关曲'，'曲'字作邱雨切，叶鱼虞韵。辛弃疾《丑奴儿慢》'过者一霎'，'霎'字作双鲊切，叶家麻韵。张炎《西子妆》'漫遥岑寸碧'，'碧'字作邦彼切，叶支微韵。"

《考音》主要涉及词谱问题。填词所用之谱分为音谱和词谱。音谱即曲谱，或称歌谱，它是由精通乐律之人依据乐律的规律而创制的，是用音乐符号来记录曲调的。比如唐时的教坊曲谱、宋朝的大晟府制定的曲谱和一些谙熟音律的词人所创制的曲谱等。宋代以后，曲谱几乎失传殆尽。后人所说的词谱已经不是曲谱，而是"取唐宋旧词，以调名相同者互校，以求其平仄；其句法、字数有异同者，则据而注为又一体；其平仄有异同者，则据而注为可平可仄"而制成的律谱、韵谱。《考音》就是介绍与词乐相关的知识，详细地阐释了五音、十二律吕、八十四调等概念。

《协律》主要讨论词的音律问题。协律指填词所依据的词调声律，声律又包括音律和格律两个方面。"词的音律乃是与词有关的乐律、宫调、曲调谱式、叶乐方式以及歌唱方法等音乐上的问题。词的格律，则是来自作词所遵从的各种词调的字数、句式、平仄等体式和作法上的问题。"[1]宋人作词大多能够符合两个方面的要求。宋代以后，词乐失传，明清人作词只好依照前代词作的句读、平仄和韵脚来填词，即合于格律。傅汝楫引用杨缵的作词五要之法，从择腔、择律、句韵按谱、催律押韵、立新意等五个方面来细谈协律问题。同时又对过腔、侧商调、务头等概念，以及字音与曲调的关系，做了较为系统地讲解，明白晓畅，尤易于初学者的理解。

再次，注重学词门径、经验技巧等的讲解。《填辞》一章中，傅汝楫借鉴词话著述，汇集前贤论词精华，加以精心编

---

[1] 马兴荣等编：《中国词学大辞典》，浙江教育出版社1996年版，第8页。

排，为初学指示门径。填词首先要审题，然后据题来选择词调，之后再去命意、选韵、措辞。依此步骤来填词，方可有条不紊，避免无所适从等问题。其中，傅汝楫对词的文体特征（包括诗词之别、词曲之别），对填词的审题、命意、措辞，对词的章法、句法、字面、炼字炼句，对词的风格、隶事、用典，对词之小令、中调、长调的写作等，都有广泛涉及，易于初学融会贯通。

作诗有声病等禁忌，作词也是如此。初学填词要尽量回避一些禁忌，以免形成不好的积习。《填辞》中就提到了这方面的问题。从字面来说，勿用生硬字，不可堆积辞藻，不用恶俗语。命意要忌庸、忌陋、忌袭。起句不可泛入闲事。晦昧、肤浅、繁杂、板滞则是使事时需要回避的问题。抒情、叙事要避免酸腐、怪诞、粗莽等弊病。咏物词不易于初学者把握，不可轻作。凡此种种，都为初学者点出不可触犯的禁忌，帮助其少走弯路。同时，傅汝楫也为学词者指明了向上的途径。句法要平妥精粹、衬副得去。通体皆拗者，顺句要精紧；通体皆顺者，拗句要纯熟。豪爽中要点缀一二句精致语；婉约中要映带一二句激励语。要在对句上下功夫，尤其是五言对与七言对，不可轻易放过。这些都是从细节处说开，初学者可以在这些方面多留心一些。

最后，注重填词谱式的指示与解析。明清以来，词律、词谱著述甚多，如《填词图谱》《词律》《钦定词谱》《白香词谱》

等，因卷帙浩繁，立论庞杂，不便初学。傅汝楫从《词律》等文献中，选择常用词牌79种，其中小令36种、中调19种、长调24种，"详记其字数、用韵及句中可平可仄者，兼附异名，略加解说"，为初学者立式铸范，指导填词。不过，傅汝楫列出的【夜半乐】【戚氏】【莺啼序】等词牌，实际上并不易于初学，作为最浅学词的词例多少会显得不太适合。

此外，《最浅学词法》的首章《寻源》追述了词的起源。词的起源历来颇有争论，《寻源》从词体的抒情特征入手，将其追溯到汉魏六朝的乐府诗，又从音律角度分析，征引《诗经》中的辞句，论证词律滥觞于《诗经》，同时，佐以诸家的著述来支撑自己的观点。词与音乐有着密切的关系，《寻源》一章即着重从词的文本与乐律的关系来看待创作。与诗歌相对简单的体式不同，词的体式则比较纷繁。第二章《述体》就是在讲解词的体式问题，即词牌（词调）问题。词调中，常有同调异名的情况，傅汝楫对之进行了一定的梳理归类。如指出《荆州亭》即《清平乐》，《眉峰碧》即《卜算子》，《荐金蕉》即《虞美人》之半等。又因为词调关系到词作的抒情达意等问题，如《六州歌头》只适合抒写苍凉激越的豪迈之情，《寿楼春》适合抒写悼词等，因此，选调时就需要注意辨别。此外，傅汝楫还追述了一些词调的出处，如"《蝶恋花》取梁元帝'翻阶蛱蝶恋花情'，《满庭芳》取吴融'满庭芳草易黄昏'，《点绛唇》取江淹'白雪凝琼貌，明珠点绛唇'"，意在告诉读者词调的来源以及与词调相关联的文化，为初学者择调时参考借鉴。

总之，作为一本指导初学者填词的入门书籍，《最浅学词法》以近五万字的篇幅，对于填词所涉及的诸多方面做了比较全面的介绍。本书的内容深浅得当，条理清晰，敷陈平实，方便了学词者循序渐进地领会作词的奥义，而且其中的许多点评与劝诫也颇为中肯。一言蔽之，在内容选择、章节安排等方面，《最浅学词法》都体现了编著者对于学词方法的精心思考与匠心指示。

三

必须指出的是，傅汝楫编著两书时，对前贤成果多有借鉴。《最浅学诗法》多借鉴清人诗话，如梁章钜的《退庵诗话》等。《最浅学词法》于前贤成果隐括、撮录尤多，其中《寻源》《述体》多隐括江顺诒的《词学集成》、刘师培的《论文杂记》等，《论韵》主要撮录戈载的《词林正韵》，《考音》则隐括张炎的《词源》、沈义父的《乐府指迷》、方成培的《香研居词麈》、郑文焯的《词源斠律》等，《协律》多隐括方成培的《词麈》、郑文焯的《词源斠律》、吴梅的《顾曲麈谈》等，《填辞》则是广泛汇集前贤词话，《立式》则主要借鉴万树的《词律》。

这些隐括、撮录、借鉴，今天看来可能不太符合学术规范，然而，如果考虑到民国初年的学术环境，其中所汇集、隐括的论词文献，往往并不太容易见到，傅汝楫将这些材料汇聚成帙，加以精心剪裁安排，为初学者指示学习诗词的方法与门径，的确方便大家的阅读、利用。此外，傅汝楫所借鉴的材料有不少是晚清民初的新著，如郑文焯的《词源斠律》、吴梅的《顾曲麈谈》等，这也体现了傅氏对当时学术进展的密切关注及新颖眼光。

《最浅学诗法》《最浅学词法》在指导初学上具有发凡起例的意义，所以民国年间影响颇为广泛，被多次重印出版。当时的同类著述，如刘坡公的《学诗百法》《学词百法》，徐敬修的《国学常识》《词学常识》，卢前的《词曲研究》等，都深受两书的影响，多有取资借鉴。这也从某种程度上说明《最浅学诗法》《最浅学词法》的价值。即使过去了近百年之久，以现代的学术眼光观之，两书对当今的诗词爱好者学习诗词创作，依然有一定的指导与借鉴意义。

关于两书的版本，《最浅学诗法》，上海大东书局1920年初版，有庞三省序，1935年印至第九版；2006年，"民国籍粹图书"据大东书局1932年版影印。《最浅学词法》，上海大东书局1920年初版，1934年印至第七版；又有台湾文听阁图书有限公司2011年影印本，中国书店2014年整理版等。

本次整理，两书均选用上海大东书局1920年版为底本，

《最浅学诗法》参照1935年第九版校对,《最浅学词法》参照1934年第七版校对。此外,还利用两书所涉及的原始文献予以参校。希望通过本次校勘整理,为读者提供可靠的文本。

沙先一
2016年12月16日

目录

最浅学诗法

编辑大意 | 3

庞　序 | 5

第一章
导源 | 7

第二章
谐声 | 18

第三章
习诵 | 29

第四章
造句 | 38

第五章
辨体 | 44

第六章
缀韵 | 53

第七章
明法 | 59

第八章
程序 | 65

第九章
忌病 | 67

第十章
取材 | 71

本次整理征引文献 | 76

最浅学词法

编辑大意 | 79

绪　言 | 81

第一章
寻源 | 83

第二章
述体 | 90

第三章
论韵 | 97

第四章
考音 | 111

第五章
协律 | 124

第六章
填辞 | 137

第七章
立式 | 147
　第一节　小令 | 147
　第二节　中调 | 164
　第三节　长调 | 174

本次整理征引文献 | 193

最浅学诗法

编辑大意

　　本书教人学诗，导以固有之天机。首章导源附以歌谣，使初学读之兴趣勃发，有信口成吟之趣。

　　陵节、躐等，学者所忌。本书力矫此弊，由已知以通所未知，步骤井然，不虞扞格。

　　学诗第一步当重读功。本书特将古诗、五言、七言，以及分合缓急各种读法，反复讲解，尤便初学。

　　古诗虽纯乎天籁，而实有一定之平仄不可移易者。本书特详言之。累句而成诗，由稳贴而后求工，此一定之次序也，故本书特取诗中常用之句法，条举而分释之。

　　大匠诲人，必以规矩。本书列"明法"一章，分述诗之起承转合，并取古人名作，以为规模，学者果能悉心研究，则涂（第八版为涂，当为途）径可循，绳尺可仿，而于为诗之道得矣。

　　古今诗体，至为繁杂，本书分类条述，既各溯其渊源，而复附以古来专长人物，俾知所取法。

　　上自唐虞，下迄明清，诗之可供取材者甚蕃。本书次第叙述，以便学者采读。

本书绍介，初学旨在达意。是以文字力求浅显，使人易于领会，即其所引以为例者，亦皆寻常易见之诗，若稍涉隐僻，概不羼入。

编者识

庞序

考之于古诗三百篇，大抵劳人思妇之所作也。信口成吟，即景言情，其发于天籁者，固人人能之也。自后世讲求声韵，雕琢字句，而人人固有之能事，遂若文人学士所独擅，何其谬欤？走窃不敏，尝欲以诗歌之能事还诸人人，就浅近以立说。数年以来，因循未能。今读此编，一辞一义，恍如我心之所欲言。呜呼！昔之教人学诗者，矜格律，尚宗派，患在艰深而使人不得其门以入。今之提唱新诗者，破除古法以就我法，其弊或至流易而无所归，是亦过不及之均也。此编或有以剂其平乎？爰志数语于简首。

中华民国九年六月茂苑庞省三序

第一章 导源

语言可以宣意。特吾人之意，有非语言所能尽宣者，则必歌咏感叹，以期发挥无遗。此诗之所由作也。

上古之时，无所谓诗，但有歌谣而已。歌谣者，类皆出于不通文或粗识字之人。或因时事之感触，或因景物之动兴，不假思力，随口而吐。惟当其歌咏慨叹之际，偶然一抑一扬，一顿一挫，不期婉转动听而成叶韵之调。例如汉文帝弟淮南厉王，因不法事，废死蜀道，民间为之歌曰：

一尺布，尚可缝。一斗米，尚可舂。兄弟二人不相容。

其第二、第四、第五句尾之"缝""舂""容"三字叶韵，此其一。又如晋束晳，阳平元城人。太康中，郡大旱。晳为邑人请雨，三日果应。众乃歌曰：

束先生，通神明，请天三日甘雨零。

每句尾之"生""明""零"三字叶韵,此其二。又如北齐时,郑公父子先后官兖州刺史,皆著有政声。民间为之歌曰:

大郑公,小郑公,五十载,风教同。

"公"与"同"叶韵,此其三。又如陈后主为太子时,一妇人突入东宫,歌曰:

独足上高台,盛草变成灰。欲知我家庭[1],朱门当水开。

"台""灰""开"三字叶韵,此其四。又如田家以云占晴雨,谚曰:

云行东,雨无踪,车马通。云行西,马溅泥,水没犁。云行南,水潺潺,水涨潭。云行北,雨便足,好晒谷。

共三韵,每三句一叶,此其五。又如祁连、焉支二山,皆美水草。匈奴失之,作歌曰:

失我焉支山,令我妇女无颜色。失我祁连山,使我六

---

[1] 庭 《古谣谚》(P.1027) 作"处"。

畜不蕃息。

"色"与"息"叶韵，此其六。又如汉董卓之将败也，童谣曰：

千里草，何青青。十日上，不得生。

以"千里草"按"董"字，以"十日上"按"卓"字，而"青"与"生"二字叶韵，此其七。又如三峡有一滩，名曰"黄牛滩"，山势峻岭，江流曲折。三峡之民歌曰：

朝见黄牛，暮见黄牛。三朝三暮，黄牛如故。

此极言舟行其间，纡滞莫能前进也。而"暮""故"二字叶韵，此其八。又如汉顺帝时，赏罚不当，童谣曰：

直如弦，死道边。曲如钩，反封侯。

四句十二字，分叶两韵，此其九。又如三国时，周瑜少精音乐，每闻曲有阙误，必回首顾视。吴谣曰：

曲有误，周郎顾。

"误""顾"二字叶韵，此其十。凡此均为歌谣，而有声有韵，实具有诗之规模。兹更就歌谣中遴选若干首，以为初学诵习。

后汉张霸为会稽太守童谣

张霸为会稽太守，始到越，贼未解，郡界不宁。乃移书开购，明用信赏，遂束手归附，故有此谣，见《后汉书》。

弃我戟，捐我矛。盗贼尽，吏皆休。

蓬生麻中

诗中"麻"喻君子，"泥"喻小人。言与君子交好，己虽如蓬之不振，亦能感化向善；与小人交好，己虽质白如沙，亦终为其所染而亦恶也。

蓬生麻中，不扶自直。白沙在泥，与之皆黑。

古怨歌

东汉窦玄状貌绝异，天子使出其妇，妻以公主。妻悲怨，作怨歌寄玄。当时人怜之。

茕茕_{音琼}白兔，东走西顾。衣不如新，人不如故。

耕田歌

汉吕后立诸吕为王,擅权用事。朱虚侯刘章忿刘氏不得职,尝入侍吕后燕饮,乃于后前歌《耕田歌》以讽吕后。

深耕概音寄种,立苗欲疏。非其种者,锄士鱼切而去之。

乌鹊歌

韩凭妻何氏貌美,宋康王欲夺之,捕韩凭。何氏作《乌鹊歌》以见志,遂自缢死。

南山有乌,北山张罗。乌自高飞,罗当奈诺艾切何!
乌鹊七约切双飞,不乐鱼教切凤凰。妾是庶人,不乐鱼教切宋王。

啄木鸟

啄木鸟,嘴锐直而坚;足四趾,二趾向前,二趾向后,善于攀木;舌细长,尖端有钩,以嘴叩树,察有木蠹,能穿孔钩出食之。

南山有鸟,自名啄竹角切木。饥则啄树,暮则巢锄交切宿。无干于人,惟志所欲。性清者荣,性浊者辱。

长城民歌

秦始皇起骊山冢，使蒙恬筑长城，死者相属。民歌云云，其冤痛如此。

生男慎勿举，生女哺用脯音捕，糖饵也。不见长城下，尸骸相支柱音驻，与拄通。支柱，支撑也。柱与脯同韵。

古歌

高田种小麦，终久不成穗音遂。男儿在他乡，焉得不憔音樵悴音萃。

洛中童谣

虽有千万金，无如我斗粟。斗粟自可饱，千金何所直与值通。

征夫词

征诸盈切夫语去声征妇，生死不可知。欲慰泉下魂，但视褓音保中儿。

征妇词

征妇语去声征夫，有身当殉音徇国。君为塞先代切下土，妾作山头石。

古风

古风，即古诗也。风者，有上以风化下，下以风刺上，言之者无罪，闻之者足戒之意。

春种一粒音立粟，秋收万颗苦果切子。四海无闲田，农夫犹饿我去声死。

锄禾日当午，汗滴音的禾下土。谁念盘中餐七安切，粒粒皆辛苦。

枯鱼过河泣

喻言己已不慎失足，当劝戒后人，莫再蹈己之覆辙也。

枯鱼过河泣，失足悔何及[1]。作书与鲂音房鳏音叙，相教平声慎出入。

---

[1] 失足悔何及 《乐府诗集》（P.787）作"何时悔复及"。

悲歌

欲归家无人，欲渡河无船。心思不能言，肠如车轮转。

长安语

长安之谚语也。长安，今陕西长安县。

城中好_{去声}高髻_{音计}，四方高一尺。城中好_{去声}广眉，四方且半额_{音兀}。城中好_{去声}大袖_{似救切}，四方全匹帛_{音白}。

黄台瓜辞

唐武后酖杀太子弘，立雍王贤为太子。贤日夜忧惕，知必不保全，无由敢言，乃作《黄台瓜辞》，命乐工歌之，冀武后闻之感悟。

种瓜黄台下，瓜熟子离离。一摘_{音谪}使瓜好，再摘令瓜稀。三摘犹自可，摘绝抱蔓_{音万}归。

行路难

莫言行路难，夷狄如中国。莫[1]言骨肉亲，门中如异

---

[1] 莫 《全唐诗》(P.346) 作"谓"。

域_{音越}。出处全在人，路亦无通塞。门前两条辙_{直列切}，何处去不得。

大风歌

汉高祖既定天下，还过故乡，置酒沛宫，悉召故人父老子弟佐酒。发沛中儿，得百二十人，教之歌。酒酣，高祖击筑自歌此歌。

　　大风起兮云飞扬，威加海内兮归故乡，安得猛士兮守四方。

望夫石

武昌北山有石，状如人立。相传古有贞妇，其夫从役他方，妇朝夕登山望之，遂化此石。

　　望夫石，夫不来兮江水碧。行人悠悠朝与暮，千年万年色如故。

越谣歌

越，古会稽地，今浙江绍兴县。越古俗率朴，初与人交有礼，封土坛，祭以鸡犬，祝以此歌，谓结交之后，不论谁荣谁辱，他日总不相忘也。

君乘车，我戴笠，他日相逢下去声车揖。君担簦音登，我跨马，他日相逢为君下去声。

骡车谣

捶骡[1]勿伤面，捶骡勿伤背。伤背鸟[2]啄疮，后日难重载。八口安食骡奔波，骡若不行谁能那！为[3]语骡[4]夫爱尔骡。

日日曲

日日日东上，日日日西没。任是神仙客，也须成朽骨。浮云灭复生，芳草死还出。不知千古万古人，葬向青山为底物。

悲愁歌

汉武帝元封中，封江都王建女细君为公主，遣嫁乌孙王昆莫，赐乘舆服御宦官侍御甚盛。昆莫以为右夫人。匈奴亦遣女

---

[1] 骡　《道贵堂类稿》（P.470）作"马"。
[2] 鸟　《道贵堂类稿》（P.470）作"乌"。
[3] 为　《道贵堂类稿》（P.470）作"寄"。
[4] 骡　《道贵堂类稿》（P.470）作"役"。

妻昆莫，昆莫以为左夫人。公主至其国，衣食起居不与华同，乃自治宫室，岁时一再与昆莫会。昆莫年老，言语不通。公主悲愁，乃作此歌。武帝闻而怜之。

吾家嫁吾兮天一方，远托异国兮乌孙王。穹庐为室兮旃为墙，以肉为食兮酪为浆。居常土思兮心内伤，愿为黄鹄兮归故乡。

乌夜啼
诗言乌虽禽类，尚有依恋主人之心，麾之不去也。

庭树乌，尔何不向别处栖，夜夜夜半当户啼。家人把烛出洞户，惊栖失群遽离[1]树。一飞直欲飞上天，回回不离旧栖处。未明重绕主人屋，欲下空中黑相触。风飘雨湿亦不移，君家树头多好枝。

以上所举者，宜熟诵于口，然后再读《唐诗三百首》蘅塘退士编，坊间有注疏本，本局有新体评注本，则有韵之文自能脱口而出，成章不难矣。

---

[1] 遽离 《乐府诗集》(P.537)作"飞落"。

第二章

谐声

诗为韵文之一种，而实本乎天籁。天籁者，谓其音韵出于天然也。昔孔子听《孺子歌》曰："沧浪之水清兮，可以濯我缨；沧浪之水浊兮，可以濯我足。"孔子曰："小子听之！清斯濯缨，浊斯濯足矣。自取之也。"夫当日之孺子，未必读书识字，更无论能为韵文，在彼不过见沧浪之水有清浊之别，而心中以为沧浪之水清时，以之洗缨；沧浪之水浊时，以之洗足。遂随兴高唱此歌，以表其思想。初不知寥寥二十余字，便成绝妙好词，谓是天籁。此其徵也。又尝见樵夫、渔妇、牧童、村女，目不识一丁字，而有所感触，脱口而出。虽仅一二语，往往可以入诗。或竟成佳句，置之名人诗集中，无从辨别者。如唐时有野老三四人，聚话桑麻，口中有"二月卖新丝，五月粜新谷"之语。诗人聂夷中闻之，取而为《田家》五古一首曰："二月卖新丝，五月粜新谷。医得眼前疮，剜却心头肉。"又如有人见天雨雪曰："一片一片又一片，两片三片四五片。六片七片八九片，飞入梅花都不见。"之四句纯系白话，以言乎诗，不用对偶，不引典故，而形容下雪情景，居然逼肖。此亦所谓天籁者是也。

第二章 谐声

自三百篇以逮魏晋宋齐,为诗者天籁自鸣而已,未尝有一定之声律。至梁沈约,始创四声之说,而后声律始有规则可循。四声者,平、上、去、入是也。何谓平、上、去、入?曰:平声者,其声平道而和;上声者,其声高呼而亢;去声者,其声哀远而展;入声者,其声急收而翕。如东、董、冻、笃四字,"东"字是平声,说时其声不低不昂而有尾声;"董"字是上声,并无尾声,但非提读,其声不振;"冻"字是去声,虽有尾声,然哀远而短,与平声不同;"笃"字是入声,并无尾声,一读便歇。观此可知,四声之区别有三:平声与去声之字,均有尾声;上声与入声之字,均无尾声。此其区分者一也。平声字之尾声,和而不分低昂;去声之尾声,则哀远而短。此为平、去二声之区分者二也。上、入二声,虽均无尾声,而一则读之响而亮,一则读之木而实。此为上、入二声之区分者三也。总之,平、上、去、入四声之区分,即平、上、去、入四字之义。一加省警,思过半矣。

平声虽无低昂之别,但有阴阳之分。大抵宫音近阳,商音近阴。阳即上平,故前人称上平为阳平;阴即下平,故前人又称下平为阴平。阳平、阴平之分,则在反切。反者,翻也,翻其音而切之,始于魏孙炎之注经,古本无之。其法止用二字,上一字与本字同母,下一字与本字同韵。同母者,如同为舌头音之"当"字、"丹"字、"东"字、"都"字之类;同韵者,如同在一韵之"风""中""公""翁"皆为一东之类,由是试以"当""风"二字可切为"东",而"都""红"二字亦可切为"东",盖"都"为舌头音,与"东"之本字为同母。"洪"则与"东"字同韵也。明乎此,则匪特上平、下平可区分,即阳平中之阴平、阴平中之阳平,亦可区别矣。例如一东三江,"东""江"皆上平声,而"东"字为纯阳,"江"字则又为阳中之阴矣,何以言之?盖"东",都洪反;"江",古双反。昔人辨宫商二音,有口诀曰:"欲知宫,舌居中。欲知商,口大张。"今都红之为"东",则舌居中而得声;古双之为"江",则口大张而始确。一宫一商,固已截然不同,况其声之本分上下平乎?今试以阳平中之阴平及阴平中之阳平,再浅近言之,则如诗韵中平声共三十韵,而惟上平之十一"真"可以通下平之一"先",下平之七"阳"可以通上平之三"江"。此外则上平之可通韵者仅限于上平,下平亦仅能通下平。是知"真"与"江"同为上平,而阳中有阴声也;"先"与"阳"同为下平,而阴中有阳声也。但阳中有阴声而仍为上平者,从其阳音之多数耳;阴中有阳声而仍为下平者,从其阴声之多数耳。夫研究上下平之区分,本系考正韵学之事,兹不过发凡举例,以示崖略而已。至四声之练习,可先自口始。口之部分,不外喉、舌、唇、齿四端,请略言之。

一、喉部之音。喉部之音,如"杭"(平)、"项"(上)、"巷"(去)、"匣"(入)等字是也。以此四字之音,皆由喉部发出,但喉部既能发此四字之音,则凡字之音发自喉部者,必有平、上、去、入四声之别。学者可随时取而练习矣。

二、舌部之音。舌部之音可分为二：一曰舌端之音，如"端"（平）、"短"（上）、"断"（去）、"掇"（入）四字是也；一曰半舌之音，如"来"（平）、"览"（上）、"滥"（去）、"勒"（入）四字是也。二者变化无穷，莫不各有平上去入四声之分，惟其数繁复，颇难枚举。学者自于练习时细辨之可也。

三、唇部之音。唇部之音分轻、浊二种。轻则如"非"（平）、"菲"（上）、"废"（去）、"弗"（入）四字是也；重则如"冰"（平）、"并"（上）、"病"（去）、"帛"（入）四字是也。一重一轻，亦各有其平、上、去、入四字之分。是以学者须取字音之发自唇部者，审其轻重而练习之。

四、齿部之音。齿部之音，如"申"（平）、"审"（上）、"圣"（去）、"色"（入）四字是也，但尚有牙齿、齿头、半齿之别。牙音如"溪"（平）、"起"（上）、"去"（去）、"乞"（入）四字是也；齿头如"精"（平）、"井"（上）、"进"（去）、"即"（入）四字是也；半齿如"时"（平）、"是"（上）、"树"（去）、"日"（入）四字是也，其辨较微，但学者果能细读而熟习之，则由此类推不难豁然贯通焉。

今举数例于下[1]：

平上去入　平上去入　平上去入　平上去入

东董冻笃　工拱贡各　丰捧俸福　通统痛拓

---

[1] 下　底本作"左"，据此次整理版式改。下文径改，不再出校记。

同动洞独	翁蓊瓮屋	丛重颂俗	空恐控哭
融俑用郁	钟肿种祝	龙陇弄鹿	江讲绛觉
邦榜谤卜	扛港降各	双爽丧叔	支止志质
枝主注折	丝使肆设	为苇会或	牺喜戏肸
医倚懿乙	移以異逸	而尔二日	脂旨至质
奇跽忌及	悲彼贝不	微尾未物	非匪沸弗
鱼语御玉	书暑恕束	余与豫育	初楚醋错
疏锁素肃	孤古顾谷	徒杜渡独	逋补布卜
敷抚赴蝮	租祖作镞作读做	胡户护谷	卢鲁路禄
肤抚赋弗	儒竖树日	扶武附物	低邸帝室
嚟弟第耄	迷米谜蜜	西洗细悉	溪起气乞
妻取趣七	鸡几季吉	圭诡贵国	佳解戒吉
排罢败拔	该改盖葛	孩亥害曷	开恺慨刻
来懒赖勒	台待代特	推腿退脱	真轸震质
辛省信息	仁忍刃日	申审圣设	旬静净绝
文吻问物	群窘郡倔	元阮愿月	蕃反贩发
根梗艮格	浑稳溷活	寒旱汗合	官管贯括
团断段夺	桓缓换活	銮卵乱捋	删潸散瑟
先选线息	眠缅面蔑	笺翦箭节	千浅茜切
蝉善缮折	天舔忝贴	烟衍咽邑	萧小笑屑
昭沼照灼	嚣晓孝歇	包宝报博	陶道导铎
糟早灶作	曹皂漕昨	蒿好耗黑	歌古过骨

波谱布不　麻马骂木　巴把霸剥　臧驵葬作
章掌障灼　桑颡丧索　郎朗浪落　央痒样逸
良两量立　名敏命灭　晶井进即　灵岭令栗
丁顶钉的　蒸轸正职　登等嶝德　尤有宥叶
钩苟遘各　驱口寇恪　鸠久救脚　裘舅旧噱
侪纾胄著　虺丑臭策　邹走奏责　修擞瘦涩
音饮荫邑　林廪令立　金锦禁急　覃断段突
甘感绀阁　盐琰艳叶　严䦿念囓　签浅倩辑
咸焰艳亦

上之举例，大半由《音韵阐微》《韵谱》中过录，惟各处方音多异，调习时务宜矫正土音，根据官音，庶不至误。

四声既辨，乃可以言谐声。盖诗家以平、上、去、入四声判其高下，分为二部。平声曰平，上、去、入三声并入仄。例如"甲""乙""丙""丁""戊""己""庚""辛""壬""癸"十字，止"丁""庚""辛""壬"四字为平声，其余如"丙""己""癸"三字为上声，"戊"一字为去声，"甲""乙"二字为入声，皆仄声也。兹将今体诗之平仄一成而不可变者，列式如下：

五言律式 此平起仄受者：

平平仄仄平 起句韵　　仄仄仄平平 反起句叶

仄仄平平仄 粘二句　　平平仄仄平 反三句叶

平平平仄仄 粘四句　　仄仄平平平 反五句叶

仄仄平平仄 粘六句　　平平仄仄平 应起句叶

注意下句与上句首二字平仄相反者曰"反"，下联首句与上联次句首二字平仄相同者曰"粘"。

五言律式 此仄起平受者

仄仄仄平平起句韵　　平平仄仄平反起句叶

平平平仄仄粘二句　　仄仄仄平平反三句叶

仄仄平平仄粘四句　　平平仄仄平反五句叶

平平平仄仄粘六句　　仄仄仄平平应起句叶

七言律式 此平起仄受者

平平仄仄仄平平起句韵　　仄仄平平仄仄平反起句叶

仄仄平平平仄仄粘二句　　平平仄仄仄平平反三句叶

平平平仄仄平平粘四句　　仄仄平平仄仄平反五句叶

仄仄平平平仄仄粘六句　　平平仄仄仄平平应起句叶

七言律式 此仄起平受者

仄仄平平仄仄平起句韵　　平平仄仄仄平平反起句叶

平平仄仄平平仄粘二句　　仄仄平平仄仄平反三句叶

仄仄平平平仄仄粘四句　　平平仄仄仄平平反五句叶

平平仄仄平平仄粘六句　　仄仄平平仄仄平应起句叶

学者可随口念熟，则作五律或七律时，能免失粘之患。若作五绝，则可择前两式中之一式，截其一半，依其平仄调之。七绝则可择后两式中之一式，截其一半，依其平仄调之。例如皇甫冉《婕妤怨》云：

花枝出建章，凤管发昭阳。借问承恩者，双蛾几许长。

此为五绝平仄之不差一字者。欲作五律，不过依五律前一式后四句之平仄，再作四句便成。又如刘禹锡《玄都观桃花》云：

紫陌红尘拂面来，无人不道看花回。玄都观里桃千树，尽是刘郎去后栽。

此为七绝平仄之不差一字者。欲作律诗，不过依七律后一式后四句之平仄，再作四句便成。但昔人于五言近体诗，有"一三不论，二四分明"之说。谓五言诗句中，第一字、第三字或当用平，而用仄亦可；或当用仄，而用平亦可，不必拘定。惟第二字、第四字，当用平者必须用平，当用仄者必须用仄，不可移易。例如丘为《左掖梨花》云：

冷艳全欺雪，余香乍入衣。春风（且）莫定，（吹）向玉阶飞。

此诗原是仄起平受，但第三句"且"字，应平而仄，第四句"吹"字，应仄而平，所谓"一三不论，二四分明"是也。前人于七言近体诗，又有"一三五不论，二四六分明"之说。谓七言诗句中，第一字、第三字、第五字，或当用平而用仄，或当用仄而用平，均可。惟第二字、第四字、第六字，当用平者必须用平，当用仄者必须用仄。例如杜甫《漫兴》云：

糁径杨花（铺）白毡，（点）溪（荷）叶叠青钱。（笋）根稚子无人见，（沙）上凫雏傍母眠。

又如苏轼《花影》云：

重重叠叠上瑶台，几度呼童扫不开。（刚）被（太）阳（收）拾去，（却）教（明）月送将来。

此两诗第一首是仄起平受，第二首是平起仄受，但第一首第一句"铺"字应仄而平，第二句"点"字应平而仄，"荷"字应仄而平，第三句"笋"字应平而仄，第四句"沙"字应仄而平。又第二首第三句"刚"字应仄而平，"太"字应平而仄，第四句"却"字应平而仄，"明"字应仄而平，所谓"一三五不论，二四六分明"是也。虽然，昔王渔洋云："律句正要辨一三五，俗云一三五不论，怪诞之极。"然则学者调诗平仄，终以少差为是，幸勿借此以自便也。

古体诗之平仄，虽不字字拘以定律，然别有一定之平仄，不可移易者。欲讲求其理，则不可不看王渔洋《古诗平仄论》及赵秋谷《声调谱》。相传秋谷问古诗声调于渔洋，渔洋秘不以告。秋谷乃就唐人诸集，排比勾稽，自得其法，因笔之于书，以发渔洋之覆。其实从前及同时诸名家皆知之，而不屑言。其不知者不能言，又不屑问，遂终身坠五里雾中。自渔洋、秋谷之书行，此说几于家喻户晓矣。大抵七古以平韵到底者为正格，不可杂以律句，其要在出句第五字多用仄，落句第五字必用平。出句之第五字既用仄，则第二字必用平；落句之第五字既用平，则第四字必用仄。出句如"平平仄仄仄平仄"，或"平平平平仄平仄"，或"仄平仄平仄平仄"，间有不如是者，亦须与律句有别；落句如"平平仄仄平平平"，或"仄仄仄仄平平平"，或"平平仄仄平仄平"，间有不如是者，亦须与律句有别。其他出句声律尚宽，落句则以三平押韵为正调，亦有四平切脚者（如少陵之"何为见羁虞罗中"，义山之"咏神圣功书之碑"），则为落调。若五平切脚，则直是不入调矣。至七古有仄韵到底者，则不妨以律句参错其间，以用仄韵已别于近体。故间用律句，不至落调（如昌黎《寒食日出游》诗，凡二十韵，而律句十四见。东坡《石鼓》诗，凡三十韵，而律句十五见。其篇中换韵者，亦可用律句。如少陵之《丹青引》、东坡之《经富阳新城》皆是，而王右丞之《桃源行》，凡三十二句，律句至二十三见。此皆唐宋大家可据为典要者），但其出句住脚，必须平仄间用，且必须上、去、入相间用之。如以入声为韵，第三句或用平声，第五句或用上声，第七句或用去声，大约多用平声，而以仄声错综之，切不可于入声韵出句之住脚，再用入声字耳。若平韵到底之七古，则出句住脚，但须上、去、入相间，而忌用平声。王渔洋已详言之。今人于仄韵之出句，往往不知间用平仄，而于平韵之出句，住脚反多用平声，殊不可解。殆以古人诗中间有不拘者，如韩公《石鼓歌》之"孔子西行不到秦"及"忆昔初蒙博士徵"，坡公《游金山》之"雪眉老人朝扣门"，欧阳公《啼鸟》之"独有花上提壶芦"。然合唐宋两朝数大家之诗，其出句用平者不过此数处，非后人所可借口也。

七古以第五字为关捩，五古以第三字为关捩，其理一也。五古出句，声律稍宽，其住脚亦当平仄兼用，与七古同。惟平韵之出句，住脚不忌用平声，则与七古异。对句则亦三平为正调，如"仄仄平平平"是也。或亦用"平平平仄平"，或"仄仄平仄平"，间有不如是者，但不入律即可。或谓六朝以前，五古皆不避律句，此似是而非之说也。古诗之兴，在律诗之前，岂能预知后世有律句而避之？若后来律体既行，则自命为作古诗者，又岂可不讲避忌之法？此如古时未有韵学之名，出口成诗，罔非天籁。若后世韵书既行，则自应有犯韵出韵之禁，又岂得借口古人之天籁，而尽弃韵书不观乎？朱子《赠人》诗"知君亦念我，相望两咨嗟"，自注云："'望'，平声。"夫"望"字作去声读自可，而必注平声者，岂非力避律句乎？

第三章 习诵

谚云：熟读唐诗三百首，不会吟诗也会吟。语虽粗浅，实是不二法门。盖熟能生巧，全在多读。作诗然，作文亦然耳。或曰：从前私塾授书，凡《百家姓》《千字文》等书卒业以后，无不读《唐诗三百首》，而能诗者乃百无一二，其故何耶？曰：此无他，若辈于声韵、格调之间，初未尝一讲求，于是读平为仄，读仄为平。习惯既成，不可救药，则又何怪其不能诗焉。吾书于前章讲谐声，而于本章教以诵读之法，职是故耳。

（甲）古诗读法

古诗须先读五古。兹就《唐诗三百首》中取其字句浓厚者，诠次如下：

（一）《春思》；（二）《送别》；（三）《子夜歌》；（四）《烈女操》；（五）《游子吟》。

既读上列五首，则声调自能圆熟，乃读较长者，列之如下：

（一）《感遇》第一首；（二）《望岳》；（三）《初发扬子寄元

大校书》；（四）《长安遇冯著》；（五）《夕次盱眙县》；（六）《溪居》；（七）《塞上曲》；（八）《塞下曲》。

又次，则读下列十首：

（一）《感遇》第二首；（二）《渭川田家》；（三）《夏日兰亭怀辛大》；（四）《春泛若耶溪》；（五）《秋登兰山寄张五》；（六）《东郊》；（七）《关山月》；（八）《月下独酌》；（九）《梦李白二首》；（十）《寻西山隐者不遇》。

又次，则选较长者读之，循序渐进，自不觉其难读。五古卒业后，乃读七古，亦当从简短入手。但五古大都通体一韵，而第一句不押韵，七古则第一句都押韵，每四句或六句、八句一换韵，平仄韵相间而用。此其不同之点一。又五古中句法则均五言到底，而七古中则不拘字数，但取音节，故三字句、四字句、五字句、六字句，以及八字、九字、十字句，亦均可以羼入，甚至有长至十数字者。此其不同之点二。读者不可不知也。

（乙）五言诗读法

五言诗句，约分三种：一为上二下三，如"感时花溅泪，恨别鸟惊心"是也；一为上一下四，如"地犹邹氏邑，宅即鲁王官"是也；一为上四下一，如"露从今夜白，月是故乡明"是也。此三种句法，虽各不同而读法无稍异。读时，于第二字读出，略一顿挫,至第四字,则曼声引长,而后出第五字。无论律绝,读法皆如此。兹将《唐诗三百首》中五言律诗之合于仄起正格者,列之如下:

(一)《经鲁祭孔子》;(二)《望月怀远》;(三)《在狱咏蝉》;(四)《杂诗》;(五)《题大庾岭北驿》;(六)《次北固山下》;(七)《寄左省杜拾遗》;(八)《赠孟浩然》;(九)《渡荆门送别》;(十)《夜泊牛渚怀古》;(十一)《月夜》;(十二)《春望》;(十三)《春宿左省》;(十四)《至德二载》;(十五)《旅夜书怀》;(十六)《汉江临眺》;(十七)《宴梅道士山房》;(十八)《留别王维》;(十九)《早寒有怀》;(二十)《送李中丞》;(二十一)《寻南溪常道士》;(二十二)《送僧归日本》;(二十三)《谷口书斋寄杨补阙》;(二十四)《淮上喜会梁川故人》;(二十五)《酬程近秋夜即事见赠》;(二十六)《贼平后送人北归》;(二十七)《蜀先主庙》;(二十八)《旅宿》;(二十九)《早秋》;(三十)《蝉》;(三十一)《凉思》;(三十二)《送人东游》;(三十三)《楚江怀古》;(三十四)《除夜有怀》;(三十五)《春宫怨》;(三十六)《章台春思》;(三十七)《杜少府之任蜀川》;(三十八)《和晋陵陆丞[1]早春游望》;(三十九)《月夜忆舍弟》;(四十)《终南山》;(四十一)《送梓州李使君》;(四十二)《临洞庭上张丞相》;(四十三)《岁暮归南山》;

---

[1]陆丞 底本"丞"后衍一"相"字,据《全唐诗》(P.733)删。

（四十四）《宿桐庐江寄广陵旧游》；（四十五）《喜外弟卢纶见宿》；（四十六）《秋日赴阙题潼关驿楼》；（四十七）《书边事》。

五言律诗之合于平起正格者，列之如下：

（一）《破山寺后禅院》；（二）《送友人》；（三）《听蜀僧濬弹琴》；（四）《天末怀李白》；（五）《别房太尉墓》；（六）《登岳阳楼》；（七）《辋川闲居赠裴秀才迪》；（八）《山居秋暝》；（九）《归嵩山作》；（十）《酬张少府》；（十一）《过香积寺》；（十二）《过故人庄》；（十三）《秦中寄远上人》；（十四）《秋日登吴公台上寺远眺》；（十五）《饯别王十一南游》；（十六）《新年作》；（十七）《赋得暮雨送李曹》；（十八）《江乡故人偶集客舍》；（十九）《送李端》[1]；（二十）《喜见外弟又言别》；（二十一）《云阳馆与韩绅宿别》；（二十二）《草》；（二十三）《北青萝》；（二十四）《灞上秋居》；（二十五）《孤雁》；（二十六）《寻陆鸿渐不遇》；（二十七）《没蕃故人》；（二十八）《风雨》。

五言绝句之合于仄起正格者，列之如下：

（一）《相思》；（二）《八阵图》；（三）《登鹳雀楼》；（四）《问刘十九》；（五）《何满子》；（六）《渡汉江》；（七）《江南曲》；（八）《行宫》；（九）《春怨》；（十）《哥舒歌》；（十一）《塞下曲》第二、第三、第四首。

五言绝诗之合于平起正格者，列之如下：

---

[1] 端　底本作"瑞"，据《全唐诗》（P.3179）改。

（一）《送别》；（二）《宿建德江》；（三）《听筝》；（四）《塞下曲》第一首。

熟读上列各诗后，则作五言律绝，自无拗嗓哽喉之病矣。

（丙）七言诗读法

七言诗句，约分二种：一为上四下三，一为上二下五。前者于第四字读出之后略一顿挫，再接下三字；后者则于第二字读出之后，再接下五字。此二种读法，即被之管弦，亦复如是。兹将《唐诗三百首》中七言律诗之合于平起正格者，列之如下：

（一）《行经华阴》；（二）《望蓟门》；（三）《送魏万之京》；（四）《九日登望仙台》；（五）《送李少府》（但第三句第五字拗）；（六）《和贾至舍人》（但第二句第五字拗）；（七）《酬郭给事》；（八）《长沙过贾谊宅》；（九）《宿府》（但第六句第五字、第七句第五字拗）；（十）《咏怀古迹》之三（但第七句第五、六字拗）；（十一）《自夏口至鹦鹉洲夕望》；（十二）《同题仙游观》；（十三）《春思》；（十四）《晚次鄂州》；（十五）《遣悲怀》之三（但第四句第三、第五字拗）；（十六）《隋宫》；（十七）《无题》之二；（十八）《利州南渡》；（十九）《贫女》；（二十）《独不见》（但第六句第五字、第七句第五字拗）。

七言律诗之合于仄起正格者，列之如下：

（一）《和贾至舍人》之二（但七句第五字拗）；（二）《蜀相》（但第三、四句第五字拗，是为平仄相救格，因上句第五字应平而仄，故于下句第五字易仄而平，以资补救。其实律句中此格甚多，不足为病，且反赖以摇曳生姿）；（三）《登高》（但第一句第五字拗）；（四）《登楼》（同上）；（五）《登柳州城楼》；（六）《西塞怀古》（但第八句第五字拗）；（七）《自河南经乱》；（八）《锦瑟》（第二句第五字读作去声）；（九）《无题》；（十）《无题》之一；（十一）《无题》之二；（十二）《筹笔驿》（第三句第二字读作平声）；（十三）《无题》；（十四）《春雨》；（十五）《无题》；（十六）《苏武庙》；（十七）《宫词》。

七言绝诗之合于平起正格者，列之如下：

（一）《闺怨》；（二）《凉州词》；（三）《早发白帝城》；（四）《逢入京使》；（五）《寒食》；（六）《月夜》；（七）《春怨》；（八）《宫词》；（九）《春词》（第三句虽拗句无碍）；（十）《赠内人》；（十一）《集灵台》；（十二）《题金陵渡》；（十三）《将赴吴兴登乐游原》；（十四）《泊秦淮》；（十五）《寄扬州韩绰判官》；（十六）《赠别》之二；（十七）《金谷园》；（十八）《寄令狐郎中》（第三句虽拗无碍）；（十九）《瑶池》；（二十）《已凉》；（廿一）《出塞》；（廿二）又；（廿三）《清平调》之二；（廿四）又其三。

七言绝诗之合于仄起正格者，列之于下：

（一）《桃花溪》（第四句第五字虽拗，然无碍）；（二）《芙蓉楼送辛渐》；（三）《春宫曲》；（四）《枫桥夜泊》；（五）《征人怨》;(六)《乌衣巷》;(七)《宫词》;(八)《集灵台》之二;(九)《宫中词》;(十)《赤壁》;(十一)《遣怀》;(十二)《秋夕》;(十三)《夜雨寄北》;(十四)《为有》;(十五)《隋宫》;(十六)《嫦娥》;(十七)《贾生》;(十八)《瑶瑟怨》;(十九)《金陵图》;(二十)《陇西行》;(廿一)《寄人》;(廿二)《秋夜曲》;(廿三)《长信怨》;(廿四)《清平调》之一。

上列各诗,读之极熟,则作七言律绝时,声调自能流利矣。

兹更取合读、分读、急读、缓读诸法言之,盖诗有全首一气浑成如一句者,例如李益《喜见外弟又言别》诗云:

十年离乱后,长大一相逢。问姓惊初见,称名忆旧容。别来沧海事,语罢暮天钟。明日巴陵道,秋山又几重。

此诗一气相生,犹言十年离别,至长大偶一相逢,问姓称名,悲喜交集,遂谈别来沧海之事,絮絮不休。到语罢时,已闻暮天之钟。明日别去,巴陵道上,又隔几重山矣。词意连贯,绝无滞机。故八句可作一句读,是为合读,而起联与结联,则尤宜急读也。

又有两三联一气呵成如一句者,例如李白《夜泊牛渚怀古》诗云:

牛渚西江夜,青天无片云。登舟望秋月,空忆谢将军。

余亦能高咏，斯人不可闻。

此六句，盖谓牛渚西江之夜，天无片云，登舟望月，忽忆袁宏遇谢尚故事。宏能咏，余亦能咏。其如谢尚之不可再得何？望古遥集，词意亦串成一线。又如李白《听蜀僧濬弹琴》诗云：

蜀僧抱绿绮，西下峨嵋峰。为我一挥手，如听万壑松。

四句盖谓蜀僧抱琴绿绮，琴名，走下峨嵋山来，为我一弹，如听万壑松声，一气贯注，不可间断。

此外，如杜甫《月夜》之"遥怜小儿女，未解忆长安"，沈佺期《杂诗》之"可怜闺里月，长在汉家营"等联，虽属对偶，实则两句如一句。盖甫之所谓怜者，怜儿女之未解也；佺期之所谓怜者，怜汉家营之长见闺里月也。意不可分，故当合读。总之，两三联如一句者，则两三联可作一句读；两句如一句者，则两句可作一句读，是皆合读之法也。惟合读之中，仍分缓急，不可一例。如"蜀僧抱绿绮"两句连读，第三句稍缓，第四句又急是也。若夫分读、缓读之法，即如一篇之中或起或承，或转或合，赏其一段或一联，甚至一句或一字，长言咏叹，以尽其神味是也。

然犹有说焉，所谓合读、急读者，并非一气读完，不分句读之谓。盖当读诗之时，于其诗之理解及意境，既已默识心胸，则声未至而神已往，自然应弦合节，欲罢不能矣。所谓分读、缓读者，并非隔绝上下，不顾全局之谓。不过于其凝练处略作停顿，以曼声出之是也。况乎反覆熟玩亦谓之读，非必高声朗诵之为读也！

诗之读法，大要已尽于此。举一反三，是在善学者。

第四章 造句

诗之全体,由若干句组织而成。别其种类,可分下列二项:(甲)奇句,(乙)偶句。

奇句不用对仗,以五字或七字构造而成,间有八字、九字至十数字者,则为例外。偶句,亦以五字或七字构造而成,但须讲对仗。对仗之法,字以类从。如天时与天时对,地理与地理对,人事与人事对,品物与品物对,以及动字、静字、状字、介字、助字,各相为对是也。虽然,此亦第语其常耳。临文之际,不妨稍事变通。缘诗之所重,意深语工,句苟善矣。对偶之小有出入,不足病也。兹自一字至七字止,层累递加,举列如下:

一字对

天 地。平声·仄声,以下均仿此。

天地对待,自是绝对,然亦可对日、月、风、云等字。

日 风;春 夏;山 水;家 国;白 青;紫 黄;

帝　王；子　孙；头　足；手　心；一　三；千　万；
冠　履；花　草；禽　兽；深　浅；丁　子

"子""丁"皆干支字，故可对。惟"子"可对其他人伦字。如"君""臣""兄""弟""夫""妻""朋""友"等字，"丁"只限于对干支等字，不得对其他人伦字。

宫　室

"宫"应对"室"，又为五音之一，并可对"角""徵""羽"。徵音止，仄声。

革　皮

"革"应对"皮"，又为八音之一，可对"金""丝""匏"。又卦名，可对"乾""坤"等字。

二字对：

天文　地理；日照　风吹；春风　夏雨；山色　水声；
家信　国文；帝典　王谟；孝子　慈孙；科头　跣足；
手工　心术；弹冠　纳履；花香　草色；禽羽　兽蹄；
深红　浅绿；白日　青天；紫带　黄冠。

三字对：

天文学　地产书；日照树　风吹花；春风暖　夏雨凉；

山有色　水无声；家常事　国际谈；帝德纯　王风古；
子象贤　孙绳武；两头纤　双足健；手掌内　心胸间；
处士冠　尚书履；看花日　斗草天；叶底禽　林中兽；
草色深　花阴浅；白日暮　青天高；拖紫带　戴黄冠。

四字对：

长天月色　本地风光；日照窗前　风吹槛外；春风舞柳　夏雨喧荷；山色迎眸　水声入耳；家庭喜乐　国境安宁；尧帝授时　禹王治水；子妇承欢　孙曾绕膝；地有尽头　人无知足。

按："头""足"二字，以实作虚，对偶中往往有以此见工。

白手成家　丹心报国；冠裳毕集　履舄交加；花鸟和风　草虫冷露；良禽择木　猛兽藏山。

五字对 平仄可通用

上天施雨露　大地起风尘；日照花如锦　风吹柳似丝；
水高春雨足　山杂夏云多；山深鸣好鸟　水浅泛轻鸥；
山家潜豹雾　海国靖狼烟；首祚迎青帝　心传接素王；
鸡鸣修子职　燕翼启孙谋；昂头探月府　捷足步云程；
清琴调素手　古剑励丹心；弹冠登仕路　曳履伺侯门。

第四章 造句

六字对：

月落天光送曙　冰消地气回春；日照芸窗冬暖　风吹草阁夜寒；春水浅蓝一色　夏山浓翠千层；窗外青山远绕　岸边绿水长流；百世家声休美　千年国运升平；耕凿安知帝力　起居孰并王家；花好春留鸟语　草深夜听虫吟；玩水低头掬月　游山举足登云；老夫手段高强　才子心思敏妙；名士弹冠白屋　鄙夫曳履朱门；夜雨千花带润　春风百草飘香。

七字对：

星稀月落长天晓　日暖风和大地春；春日庭前莺试曲　秋风塞外雁传书；一帘花雨春风暖　三径松云夏日凉；云绕山楼千树暗　风回水槛百花香；苍松古树山家屋　红蓼疏花水国天；帝京西望诗吟杜　王室东迁政失周；夏雨园林梅绽子　春风篱落竹添孙；蝇头小楷双行字　骏足高材万里程；逢友鞠躬双握手　呼朋促膝两谈心；衣冠济楚威仪美　杖履优游岁月闲；红飞帘外花频落　绿映窗前草不除；密室冬寒烧兽炭　幽斋春暖谱禽经；花深时欲藏帘影　苔浅才能印屐痕。

对仗既工，乃可以言造句。其法有种种变化，足以标奇翻新，出色于当行。试分述如下：

单句回环法，如"来是无端去绝踪""相见时难别亦难""昨夜星辰昨夜风"等皆是。又有称为"燕尾格"者,如"闲坐悲君亦自悲""汀洲无浪复无烟"等。又有称为"虾须格"者,如"舍南舍北皆春水"。又有称为"对偶格"者,如"画楼西畔桂堂东",其实皆回环法也,是于一句中含有相类而相反之两意,使回环映带,以生姿态者。

双句辘轳法,如"凤凰台上凤凰游,凤去台空江自流""锦瑟无端五十弦,一弦一柱思华年"等皆是。盖以两句只就一种事物,联络写成,而以承叠字面取姿者。

一句两眼法,如"花迎剑佩星初落,柳拂旌旗露未干""一去紫台连朔漠,独留青冢向黄昏""沧海月明珠有泪,蓝田日暖玉生烟"等句皆是。盖于一句中,着力处有两处也。

两句呼应法,如"借问道旁名利客,何如此处学长生""去年花里逢君别,今日花开又一年""唯将终夜常开眼,报答平生未展眉""苦恨年年压金线,为他人作嫁衣裳"等句皆是。盖蓄意于下句,而以上句呼醒者。

两句直写法,对句如"敢将十指夸针巧,不把双眉斗画长""尚想旧情怜婢仆,也曾因梦送钱财",单句如"汉文皇帝有高台,此日登临曙色开""且欲近寻彭泽宰,陶然共醉菊花杯""总为浮云能蔽日,长安不见使人愁"等皆是。亦有称为"流水格"者,盖着意于上句,而以下句顺应之者。

追溯法,如"昔人已乘黄鹤去,此地空余黄鹤楼""最是楚宫俱泯灭，舟人指点到今疑""旧业已随争战尽[1]，更堪江上鼓鼙声""昔日戏言身后事，今朝都到眼前来"等句皆是，盖就现在追溯往前者。

深写法，对句如"云鬓罢梳还对镜，罗衣欲换更添香"，单句如"谁为含愁独不见，更教明月照流黄"等句皆是，盖翻进一层写者。

反跌法，对句如"为乘阳气行时令，不是宸游玩物华"，单句如"野老与人争席罢，海鸥何事更相疑"等皆是，盖以下句反应上句者。

加倍形容法，对句如"无边落木萧萧下，不尽长江滚滚来"，单句如"闻道欲来相问讯，西楼望月几回圆""刘郎已恨蓬山远，更隔蓬山几万重"等句皆是，盖以甚言其事而取胜者。

逐句锻炼法，对句如"金蟾啮锁烧香入，玉虎牵丝汲井回""蜡炬半笼金翡翠，麝薰微度绣芙蓉""红楼隔雨相望冷，珠箔飘灯独自归"，单句如"风急天高猿啸哀，渚清沙白鸟飞回""群山万壑赴荆门，生长明妃尚有村""玉珰缄札何由达，万里云罗一雁飞"，又如"碧纹圆顶夜深缝""月斜楼上五更钟"等是。盖一句之中，几于字字着力，不可换易一字者。

以上所述，虽但举七言律诗，然七绝、七古以及五言律绝、古风皆可以类推矣，故不复赘。

---

[1] 尽　底本作"去"，据《全唐诗》(P.284)改。

第五章
辨体

诗之体，大别之有二：曰今体诗，曰古体诗。今体诗者，成于李唐一代，有五言律、七言律、五言绝句、七言绝句、五言排律、七言排律诸制。古体诗者，创于皇古，而备于汉魏六朝，有三言、五言、七言、杂言诸制。此外，尚有杂体诗二十余格，如六言、杂句、拗体、蜂腰、断弦、隔句、回文、叠字、首尾吟等。试分疏于下：

今体诗

五言律者，以五言八句成章。谓之律者，以声病对偶，具有法律之严耳。兹体一、二句如首，故曰"首联"。对否皆可。对者，如李白诗"青山横北郭，白水绕东城"两句，"青山"对"白水"，"北郭"对"东城"是也。三、四句如颔，故曰"颔联"。颔联未有不对者。五、六句如颈，故曰"颈联"。照顾前后，不能不对。与上联同，七、八句如足，故曰"足联"。可对可不对。学者既稔其名，则意象不难知也。盖首贵丰隆而陡拔，颔须承领而紧接，颈必俯仰而轻灵，足宜力长而纵远。不若是，于人为弗类，于诗为无法矣。唐时以五言应试，故于兹体，无人不作，无作不工。至遴其尤胜者，初唐如王勃、杜审言、沈佺期、宋之问之雍容华贵为一派；盛唐如孟襄阳之闲静、岑嘉州之奇峭、摩诘之精工绮丽、太白之逸气仙才，皆自成一派，而老杜则大含细入，笼罩百家。五言至此，叹观止矣。至若中唐以后，惟刘文房、钱仲文略具一丘一壑之观耳。

七言律者，以七言八句成章，其首颔颈足诸法，同于五言。惟五言律可恃性灵超悟，七言则非积学攻苦，未易穷源。论者谓如挽百石之弓，腕中苟无神力，止到八九分地位。斯言最善名状。且五言律，不必大家，断璧零缣，时时得宝。七言则终唐一代，惟少陵独擅其长，金钟大镛，哀丝豪竹，无美不备，无奇不臻，匪直并世诸贤，悉归笼括，即宋元各体，亦罔不皋牢，横绝古今，莫能两大矣。此外，则王右丞精深华妙，卓然自成一队，所不逮杜者，博厚而已。大历以后，钱、刘绍而述之，亦自彬雅可诵。李太白虽具仙才，而不工兹体，盖不屑为也，故对于子美，有饭颗之嘲。虽然，既已谓之律矣，苟非声律谐和，对偶工致，将焉用之？且业不屑为，则勿为可也。为之而独标崔颢《黄鹤楼》，一时兴至之作，奉为模楷。举一切声律对偶，悉破坏之，则奚如迳为古风之得乎？贤者之过，后人无效颦尤可也。韩昌黎古体至雄伟，而律体亦疏，殆亦不屑为而又未能不为者欤。至李义山学少陵，得其精密；白乐天学太白，得其清华。此亦诗家所公认者也。

　　五言绝句者，截取律诗之半，以五言四句成章。截者，绝也，故曰"绝句"。诗之至短，而亦至难工者也。其字句可对可不对，可全对不全对。其全对者，如王之涣《登鹳雀楼》一绝曰："白日依山尽，黄河入海流。欲穷千里目，更上一层楼。""白日"对"黄河"，"千里目"对"一层楼"是也。其全不对者，如李白《秋浦歌》一绝曰："白发三千丈，缘愁似个长。不知明镜里，何处得秋霜。"是也。其上两句对者，如韦应物《答李澣》一绝曰："林中观易罢，溪上对鸥闲。""林中"对"溪上"，"观易罢"对"对鸥闲"是也。其下两句对者，如骆宾王《易水送别》一绝曰："昔时人已没，今日水犹寒。""昔时"对"今日"，"人已没"对"水犹寒"是也。唐人以工兹体称者，推摩诘、太白，其他一鳞一爪，亦多可采。

　　七言绝句者，以七言四句成章，与五言同。第句既稍长，声律和婉，可以行气，宜于言情，故诗家多喜为之。唐人零缣断璧，无有不工，而摩诘、少伯、王昌龄、太白，尤为当行独步，惟少陵为之，辄板滞无韵，以能刚而不能柔，故正如太白不工七言律，同为尺有所短，不必曲为之讳也。

　　五言排律者，即律体之扩张，十句至数十百句不等。前人好逞其才，有将一韵目字押完者，惟其平仄与对偶，皆与律诗同。而其敷陈事实，往复议论，则与古体同。然拘于声病对偶，终不如径为古体之直抒胸臆也。

七言排律者，七言律诗之扩张，辞比而气荼，虽少陵不克自振，遑论余子，兹体殆可废也。

古体诗

三言古者，昉于虞、舜、皋陶之歌，特句系一助辞耳。厥后汉《郊祀歌》，兹体最夥，而亦最工。后代诗人，为者绝鲜。盖句止三言，达意已艰，遑论古奥，故重为之者，实善藏其拙也。

四言古者，以八伯之歌、康衢之谣为最古，至商周而大盛，三百篇之句，十九四言也。后世仿而善者，为陶靖节，厥气静，厥骨秀也。兹体之难，在不袭《葩经》一语，而音节极肖。若曹孟德《短歌行》，专缀陈言，品斯下矣。

五言古者，创于苏子卿、李少卿之赠答，《十九首》继之。魏晋以下，专尚兹体，而四言遂在祧例，良以不丰不约，最便达情也。流派至多，概括之以正、变二体。正体者，如苏、李及《十九首》之不尚雕饰，妙造自然，为至难跻之境。其次则陈思之遒丽，彭泽之闲逸，康乐之精致，皆为大家。唐人王、孟、储、韦、太白，并工于学步者也。变体主于篇幅恢张，情辞详尽，其源亦出于汉。若《焦仲卿妻》诗，及蔡文姬《悲愤辞》首章是也，然犹未大昌。逮唐天宝以后，少陵、昌黎各以其排山倾海之气，驱风走霆之笔，著为大篇，两间之奇气始尽泄。

要而言之，正体主于格韵高远，变体贵在才气纵横，用各有宜，理无偏废也。

七言古者，原于汉武之柏梁联句，魏文之《燕歌行》、晋之《白纻舞辞》继之，隋以前可纪者如是而已。至唐而后，体格大备。初唐四杰以清圆流丽胜，王、李、高、岑以短劲峭拔胜，少陵、昌黎以雄奇跌宕胜，乐天、微之以缠绵哀艳胜。秩然四科，后人千态万貌，不能越其范围矣。

杂言古者，本乎上古歌谣，及琴操楚词之属。至无名氏《木兰辞》而后，卓然成体。后世为者，惟太白最工，其才气盛也，无其质而强为效颦，适形芜杂已耳。是以诗人为之者极少。

杂体诗

六言者，以二、四、六字定平仄，其句以二字一转，或四字一换，或六字一事，但不能以二字、五字为一事一转，须要字字着实，声调铿锵。或对或散均可，惟不能以闲散字成句耳。兹体昉于汉司农谷永，魏晋间，曹、陆间出，其后作者渐多，要亦诗人赋咏之余也。

杂句者，有三句、五句、促句三体。促句者，每三句一换韵，或平或仄，皆可不拘。

杂言者，有五七言相间者，有三五七言各两句者，有一三五七九言各两句者，有一字至七字、九字、十字者。

拗体者，平仄失粘之诗也。例如律诗平顺稳帖者，每句皆以第二字为主。如首句第二字用平声，则二句、三句当用仄声，四句、五句当用平声，六句、七句当用仄声，八句当用平声，反是皆为拗体。

蜂腰者，言已断而复续也。凡诗颔联不对，却仍以二句叙一事，与首二句之意相贯，至颈联方对者，皆为腰蜂。

断弦者，谓语似断弦，而气接意存，言虽不接，而脉亦相承，如藕断丝续也。

隔句者，谓起联与颔联相对也。绝句亦有之。

偷春者，谓起联相对，而次联不对，如梅花偷春色而先开也。

回文者，反复成章，昉于窦滔妻苏氏，而陆龟蒙诗曰"悠悠远道独茕茕"，由是反覆兴焉。及考《诗苑》云："回文、反复，旧本二体。止两韵者，谓之回文；举一字皆成读者，谓之反复。则苏氏诗正反复体也。后人所作直可谓之回文耳。"以今合而为一，故并列之。

仄句平句者，谓每句第一字俱用仄声，或第一字俱用平声也。

叠字者，谓四句、六句、八句、十句，皆用叠字也。例如古诗《青青河畔草》凡十句，而前六句用叠字。《迢迢牵牛星》亦十句，而首四句、尾二句均用叠字，后人仿之，始有用叠字成篇者。

首尾吟者，一句而首尾皆用之也。此体惟宋邵雍有之。

平头者，句句第一字皆用，而句句意不可同也。

全仄全平者，五言七言诗，字字俱用仄声，或字字俱用平声之谓也。此体句法，要自然乃妙，勉强为之，殊觉生硬可厌。

四声者，如八句诗，二、四、六字眼俱用平声，谓之平声体。如八句诗，一句二、四、六字用平声，二句二、四、六字用上声，三句用平声，四句用上声，五句平声，六句又上声，七句平声，八句又上声，谓之平上声体。如八句诗，一句二、四、六字平声，二句二、四、六字去声，相隔至第八句，谓之平去声体。如八句诗，一句平声，二句入声，相隔至第八句，谓之平入声体。大抵平声体八句，二、四、六字俱用平声，上、去、入声三体皆隔一句用平也。

双声叠韵者，"互护"为双声，"磝碻"为叠韵。盖字有四声，必按五音。东方喉声为木音，南方齿声为火音，中央牙声为土音，西方舌声为金音，北方唇声为水音。双声者，同音而不同韵也。"互护"同为唇音而不韵，故谓之双声，若"仿佛""熠燿""骐骥""慷慨""咿喔""霹霖"之类皆是也。叠韵者，同音而又同韵也。"磝碻"同为牙音，而又同韵，故谓之叠韵，若"侏儒""童蒙""崆峒""巃嵸""螳螂""滴沥"之类皆是也。此二体，惟皮、陆有之。又有上句双声，下句叠韵者，如李群玉诗云"方穿诘曲崎岖路，又听钩辀格磔声"是也。

杂韵者，一曰葫芦韵，先二后四是也。如李白《独酌清溪江石上寄权昭夷》一首曰：

> 我携一尊酒，独上江渚石。自从天地开，更长几千尺。举杯向天笑，天回日西照。永愿坐此石，长垂严陵钓。寄谢山中人，可与尔同调。

二曰辘轳韵，双出双入，每隔二句用韵者是也。如李白《妾薄命》曰：

> 汉帝宠阿娇，贮之黄金屋。咳唾落九天，随风生珠玉。宠极爱还歇，妒深情却疏[1]。长门一步地，不肯暂回车。雨落不上天，水覆难再收。君情与妾意，各自东西流。昔日芙蓉花，今成断肠草。以色事他人，能得几时好？

三曰进退韵，一进一退，隔一句用韵者是也。四曰颠倒韵，四句同用两字为韵，略如反覆诗者是也。五曰平仄两韵，句中平仄字各协韵者是也。

杂数者，以数为题，如四时、四气、四色、五噫、六忆、六甲、六府、八音、十索、十离、十二属、百年是也。又有以数为诗者，如数名自一至十是也。

---

[1] 疏　底本作"殊"，据《李白集校注》（P.342）改。

杂名者，有用建除名者，有用星宿名者，有用道里名者，有用州郡县名者，有用古人名者，有用宫殿屋室名者，有用船车名者，有用药草树名者，有用鸟兽名者，有用卦兆相名者。诗体多端，学者要知贯通后，任意为之，皆可入格。

离合者，字相拆合成文之诗也，约有四体。其一，离一字偏旁为两句，而四字凑合为一字是也；其二，亦离一字偏旁为两句，而六句凑合为一字是也；其三，离一字偏旁于一句之首尾，而首尾相续为一字是也；其四，不离偏旁，但以一物二字离于一句之首尾，而首尾相续为一物是也。他如口字咏，则字字皆藏口字也。

藏头诗，每句头字皆藏于每句尾字中，虽非离合，意亦近之，故取以附焉。

此外，又有歇后诗，如《拙字诗》云"当初只为将勤补，到底翻为弄巧成"，《酒字词》云"断送一生唯有，破除万事无过"之类，滑稽之极，不足法也。

第六章

缀韵

记曰:"声成文,谓之音。"夫有文斯有音,比音而为诗,诗成然后被之乐,此皆出于天,而非人之所能为也。三代之时,其文皆本于六书,其人皆出于族党庠序,其性皆驯化于中和,而发之为音,无不协于正。然而《周礼·大行人》之职:"九岁,属瞽史,谕书名,听声音。"所以一道德而同风俗者,又不敢略也。是以《诗》三百五篇,上自《商颂》,下逮《陈灵》,以十五国之远,千数百年之久,而其音未尝有异。帝舜之歌,皋陶之赓,箕子之陈,文王周公之系,无弗同者。故三百五篇,古人之音书也。魏晋以下,去古日远,辞赋日繁,而后李登始取声之同音者分聚之,名曰声类。如"东""中""通""同"为一类,"支""思""脂""之"为一类,但取声之相类者,而聚于一处,故曰声类,然而犹无四声也。及南齐中郎周颙始著《四声切韵》,而梁沈约效之,又有《四声类谱》之作,然后就一类之中,又分平、上、去、入四等。至隋有陆法言者,偶与同时刘臻等,私相拟议,谓既名切韵,则必细加剖析,而音始亲切。于是又将《声类》之中,"支""脂""鱼""虞""先""仙""尤""侯"

诸类，前此从未分列者，而又加入之，总其名曰《四声切韵类谱》，析为五卷，此则合周颙、李登之说而统为一书。顾当时诗文，自魏晋迄于六朝，其拘声类者十之七，拘四声者十之八，而拘切韵者，则十不得一。盖其说虽自以为音韵微眇，宜有分画，实未尝强世间之押韵者限以是也。至唐以律诗律赋取士，欲创为拘限之说以难之，遂取《切韵》之书为取士之法。且谓律韵虽严，亦不宜太琐，即又取"冬""钟"之分，"支""脂"之判者而合之。自是以后，逡巡唐代数百年，或称《切韵》，或称《官韵》，或称《唐韵》。即宋初取士，犹仍旧本。真宗大中间，遂改《切韵》为《广韵》，删《唐韵》习用之字而增以他字。仁宗景祐中，又更造为《集韵》。然当时试士，则又置《广韵》《集韵》二书不用，而别为《礼部韵》。南渡后，又有毛晃《增修礼部韵略》。至理宗朝，乃有平水刘渊者，实始并"冬""钟""支""脂"二百六部为一百六部，且尽删去三钟、六脂数目，而易以今目，是为《平水部》。自元明迄今，皆遵用之。是则今所行韵，实创于隋代一人之作俑，而迄于南渡后一人之更定也。

韵可通转。通者以本音通本音之谓，如"东""冬""庚""青""蒸"之类；转者转其声而后通之谓，如"东""江""支""佳"之类。盖"东""冬"均是舌端之音，"庚""青""蒸"均是齿头之音，其音既属一本，故可通。"东"为宫音，"江"为商音，"支"为徵音（诀曰："欲知徵，舌抵齿。"），"佳"为商音，皆非本音，故欲通其韵，必先转其声乃可。但通转之法，今韵较严，而古韵稍宽。如"东""冬"固可通，"东""江"既非本音，只能转韵而已。古韵则不然，"东""冬""江"三韵皆可通。此其一。"四支"之与"佳""灰"亦非本音，可转而不可通。而古韵则"文""微""齐""佳""灰"五韵皆通。此其二。若"十一真"之与"文""元""寒""删"，及下平声之"一先"，在律诗万无可通之理，而古诗则竟以"真""文""元""寒""删""先"六韵通叶矣。此其三。又"三江"之通"七阳"，"二萧"之通"肴""豪"，犹得曰声之谐耳。若夫下平声之"侵""覃""盐""咸"四韵皆通，则惟古韵为然矣。此其四。他如"六鱼""七虞"，以及"八庚""九青""十蒸"之相通，古韵更习见不鲜。此其五。至上声中"一董""二肿"可通，"董""肿"之与"三讲"可通，"四纸"之与"五尾""八荠""九蟹""十贿"可通，"十一轸"之与"吻""阮""旱""潸""铣"五韵可通，"篠""巧""皓"之三韵可通，"哿"与"马"、"梗"与"迥"之四韵可通，"寝""感""俭"之三韵可通，尤足见古韵之宽也。此其六。去声中则有"一送""二宋""三绛"可通，"四寘""五未""八霁"之于"九泰""十卦""十一队"可通，"六御"之于"七遇"，与"十二震"之于"问""愿""翰""谏""霰"五韵可通，"十八啸""十九效""二十号"之于"个""祃"二韵可通，"漾""敬""径""宥"四韵，虽未有通转，而"二十七沁"之于"勘""艳""陷"，则古韵又可通矣。此其七。入声十七韵，其中"屋"与"沃""觉"二韵可通，"质"与"物""月""曷""黠""屑"五韵可通，"陌"于"锡""职"二韵可通。所未见通转者，只"药""缉""合""叶""洽"五韵耳。此其八。要之古韵本乎天籁，今韵则仅按班、张以下诸人之赋，曹、刘以下诸人之诗，所用之音，撰为定本，此顾炎武所以有今音行而古音亡之论也。

诗之有韵，犹柱之有础。础不稳，则柱必倾；韵不稳，则诗必劣。诗之好恶，关系于韵者至巨，是以学诗者必讲押韵之法。押韵之法极简单，即不必拘定一韵，可选其与题目相近者，随意押之，或取一韵中某某数字押之，以就题目亦可。但有八戒：一曰戒凑韵。谓韵脚之字，与全句意义不相连贯，乃勉强凑合者也。例如"清江一曲抱村流"，若以"浮"字易"流"字，是为凑韵。凑韵之意义必不通。二曰戒落韵。如全首押"东"韵，而一字忽押"江"韵，虽古韵可通，声调亦谐，然古韵之通转，施诸古体则可，若施于今体，究属不宜。昔唐人裴虔馀曾作七绝一首，其上联押一"垂"字，下联押一"归"字，后绩溪胡仔见而讥之曰："检《广韵》《集韵》《韵略》，'垂'与'归'皆不同韵，此诗为落韵矣。"据此可知落韵，学者所当戒也。三曰戒重韵。重韵者，一韵两押或三押也。例如"耳"为五官之一，又为助语辞；"干"为干戈之干，又为干涉之干，若于一诗中两用之，则为重韵。虽前人偶或有之，如杜少陵《北征》诗曰"几日休练卒"，又曰"仓卒散何卒"，但初学终不宜犯此。

四曰戒倒韵。例如"古史散左右，新书置后前"将"前""后"二字倒用以就韵，词不碍义，固无不可。但若将"杨柳""春风""山林"等倒用，便觉不通矣，初学似宜审慎。五曰戒用哑韵。谓押韵之时，须择其声较响者押之，若其声不响，则读时音调不振，全诗因之失劲矣。六曰戒用同义之韵。如"六麻"之"花""葩"，"七阳"之"芳""香"，"十一尤"之"忧""愁"，意义均同，若一首诗中，既押"花"字，又押"葩"字；或既押"芳"字，又押"香"字；或既押"愁"字，又押"忧"字，即使命意不同，终觉重复可厌。七曰戒用字同义异之韵，如"东"韵"空"字、"支"韵"思"字，不当混作实字押；"盐"韵"针"字，不当作"针线"之"针"字押；"厌"字训饱，不当作"艳"韵训嫌恶，"叶"韵训镇压之"厌"字押。八曰戒用僻韵。如"一先"之"佡（仙）"训轻举，"二萧"之"钊"训远，单字只义，押之易近凑合。若有成典与题切合，则亦不妨也。

　　律绝押韵之法，既有一定。惟古诗则有转韵之法，或两句一换，或四句一换，或六句一换，或八句一换。盖换韵之句，必以偶数，不能以奇数，且首尾腰腹，须铢两匀称，使通篇上下，无头轻脚重之病。即其中平仄，亦须相间而用（如前四句押平韵，后四句换仄韵，余可类推）。如无名氏十九首，其一云：

　　行行重行行，与君生别离。相去万余里，各在天一涯。道路阻且长，会面安可知？胡马依北风，越鸟巢南枝。相去日已远，衣带日已缓。浮云蔽白日，游子不顾返。思君令人老，岁月忽已晚。弃捐勿复道，努力加餐饭。

此诗共十六句，分押两韵。前八句押平声"支"韵，后八句押仄声"愿"韵。间有不尽然者，或通体用仄声，三句一换，如：

  江南秋色摧烦暑，夜来一枕芭蕉雨。家在江南白鸥浦，一生未归鬓如织。伤心日暮枫叶赤，偶然得句应题壁。

此诗共六句，前三句用"麌"韵，后三句换"陌"韵。或通体用平韵，三句一换，如：

  芦花如雪泛扁舟，正是沧江兰杜秋。忽然惊起散沙鸥，平生生计如转蓬。一生长在百忧中，鲈鱼正美负秋风。

此诗共六句，前三句用"尤"韵，后三句换"东"韵。是不可援以为例也。

第七章 明法

诗文为体虽殊,而其有起承转合之法则一。但文之起承转合,多借助于虚字,"且夫""今夫"为起词,"然而""假使"为转词之类。而诗则以意为主,其法,绝诗以第一句为起,第二句为承,第三句为转,第四句为合;律诗则两句为一联,第一联为起,第二联为承,第三联为转,第四联为合。试分铨如下:

起有明、暗、陪、反数法。所谓明起者,开口即就题之本意说起,虽见题字,亦不得谓之骂题。例如张九龄《自君之出矣》一绝云:

自君之出矣,不复理残机。思君如满月,夜夜减清辉。

此诗于第一句中,即将题字直接写出,有开门见山、突兀峥嵘之势。凡类乎此者,均为明起。所谓暗起者,不明见题字,而题意自见。例如谢宗可《睡燕》一律云:

补巢衔罢落花泥，困顿东风倦翼低。金屋昼长随蝶化，雕梁春尽怕莺啼。魂飞汉殿人应老，梦入乌衣路转迷。却怪卷帘人唤醒，小桥深巷夕阳西。

此诗题为《睡燕》，起联不说睡燕，只说"补巢衔罢落花泥，困顿东风倦翼低"，盖暗起也。所谓陪起者，先言他物，或他事，以引起所咏之物或事也。例如刘禹锡《乌衣巷》一绝云：

朱雀桥边野草花，乌衣巷口夕阳斜。旧时王谢堂前燕，飞入寻常百姓家。

此诗第一句不说乌衣巷，而说朱雀桥，因朱雀桥在乌衣巷之旁，亦晋时王谢所居之地也。凡类乎此者，皆为陪起。所谓反起者，从题目反面说起，而后归到正题。例如王昌龄《闺怨》一绝云：

闺中少妇不知愁，春日凝妆上翠楼。忽见陌头杨柳色，悔教夫婿觅封侯。

此诗题既为《闺怨》，则其愁也，可想而知，而起句乃曰"闺中少妇不知愁"，即是反起之例。此外，又有呼问起、颂扬起、感叹起等。例如钱起《归燕》一绝云：

潇湘何事等闲回，水碧沙明两岸苔。二十五弦弹夜月，不胜清怨却飞来。

夫咏归雁，说归雁可矣，而起句必说"潇湘何事等闲回"，是欲用"何事"二字，呼起以下三句也。凡类乎此者，皆为呼问起。又如高启《咏梅花》一律云：

琼姿只合在瑶台，谁向江南处处栽。雪满山中高士卧，月明林下美人来。下节。

此诗起联，始曰"琼姿只合在瑶台"，再曰"谁向江南处处栽"，是看得梅花非常尊贵，不禁极口称赞。是为颂扬起也。又如李白《劳劳亭》一绝云：

天下伤心处，劳劳送客亭。春风知别苦，不遣柳条青。

本诗起句为劳劳亭而发，是作者太息之词。所谓感叹起者，即其例也。

承者，承领上句而说明之也。要接得紧，不可松泛，且须留有余不尽之意，以开下转语。例如宋聚业《题南阳旅壁》云：

真人白水生文叔，名士青山卧武侯。水自奔腾趋汉口，山犹层叠枕城头。时来一夕收铜马,事去经年运木牛。叹息兴亡千载上,荒村野庙两[1]悠悠。

其起联曰"真人白水生文叔,名士青山卧武侯",颔联即接之曰"水自奔腾趋汉口,山犹层叠枕城头",水也、山也,皆起句中所有,颔联仰承其旨而申言之,此承法之正格也。

转者,就承句之意,而为转捩以言之也。须灵而不松,活而不板方佳。其法有三:一为进一层转。例如杜小山《寒夜》一绝云:

寒夜客来茶当酒,竹炉汤沸火初红。寻常一样窗前月,才有梅花便不同。

此诗说至"竹炉汤沸火初红"以后,似已不能下一转语,而作者忽想到窗前之月,今夜有梅花相伴,觉与前日景象大不相同,是较上文更进一层矣。二为推一层转。例如司空曙《江村即事》一绝云:

罢钓归来不系船,江村月落正堪眠。纵然一夜风吹去,

---

[1] 两 《清诗别裁集》(P.731) 作 "总"。

只在芦花浅水边。

其起承两句，谓江村月落，钓罢归来，虽不系船，亦足以眠也。然于此时，设有人问之曰："汝若入睡，而不系之船，为风吹去，则将如之何？"作者遂答曰："纵然一夜风吹去，亦不过在芦花浅水边耳。"是推开问者之意，所谓推一层转是也。三为反转，又名大转。例如李商隐《隋宫》一律云：

紫泉宫殿锁烟霞，欲取芜城作帝家。玉玺不缘归日角，锦帆应是到天涯。于今腐草无萤火，终古垂杨有暮鸦。地下若逢陈后主，岂宜重问后庭花。

此诗首、颔两联，极写炀帝生时之荒淫，颈联忽言炀帝之死，与前文完全相反，所谓反转法是也。

合者结束全诗，俾有下落，含有归宿之义。例如盖嘉运《伊州歌》[1]一绝云：

打起黄莺儿，莫教枝上啼。啼时惊妾梦，不得到辽西。

此代边人之妇思夫之作也。起句从打起黄莺儿起，承句说

---

[1]《伊州歌》《全唐诗》（P.8724）作《春怨》，作者为金昌绪。

明所以打起之故，转句申不使之啼，而说到啼时之惊梦，合句将题义说出，以结束上三句。此之为合法。

　　起承转合之法，既如上所述，学者当已明了。果能依此练习，则举一反三，为诗之道得矣。

第八章 程序

诗体之繁,既如上所述矣。然则学者于斯,将兼营并骛乎?抑可分先后缓急,以底其功乎?是亦不可不研究者也。

欲明学诗之程序,当穷诗体之孳生。自书契易结绳,必先有散文,而后有韵语。是诗者,特文中之一体,继文而立,不能先文而生。由是可知,学者必于普通文体,既涉其途,而后可以言诗。若文未条达,而曰吾独耽吟咏,未见其能有得也。至诗体之孳生,约可判为三期。周秦以上为初期,汉魏之间为中期,自唐以降为末期。初期之体,唯有三言、四言、杂言诸古诗耳。至中期,而五、七言古大行,迨末期而五、七言律绝悉备。后之言诗者,辄桃其初期之体,而独仿中、末之作。一若非五、七言不足以为诗者,得毋沿流忘源耶!虽然,亦自有说。盖三、四、杂言诸古体者,诗而未远于文者也。古文家恒区文体为三大部:曰议论,曰纪载,曰韵言。所谓韵言者,即括初期诸诗歌于中,是则学者于研究文体时,固当肄业及此,而不必俟诸学诗时代矣。

诗与文显然划分,实自五言创制始。盖句必五言,则声律渐有定轨，而不复可以读文之声读之。由是而七言古体焉，由是而律与绝焉。其声律益以严，即其去文也益以远，于是乎诗始不得不为独立体矣。是故桃初期者，非废之也，谓宜归之于文也。独崇五、七言者，专门名家之学也。由是学诗之程序，得三步焉。一曰先学韵文，而后学诗；二曰先学古体，而后学今体；三曰先学五言，而后学七言。盖诗之与文，体殊而理未尝不一。先为有韵之文，则于琢句、炼字、修辞、缀韵诸事，既已习惯自然，由是进而为诗。所须注意者，第声律一端已耳。且韵文大率长篇，魄力须厚；诗则短长可以任意，故学者先文后诗，尤有驾轻就熟之乐也。

或曰：先古体而后今体者，何也？曰：古体者，敷陈不嫌详尽，笔力较易展舒，声病对偶，疏而未密。其去文也未远，能为韵文者，未有不能为是者也。若夫今体，则须敛意归辞，镕字就律，非细腻熨帖不能工，难易分，斯先后定矣。然则先五言而后七言者，何也？曰：文之为句，不难于长而难于短；诗之为句，不难于短而难于长。句止五字，措之易安，增以二字则为累矣。力不足曰弱，言有余曰冗，又如两韵之中，名字动字，同其位置，谓之平头上尾之病，皆七言所易犯也。唯先工五言，然后扩而充之，庶足以胜任而愉快耳。

第九章

忌病

沈休文论诗有八病：一曰平头；二曰上尾；三曰蜂腰；四曰鹤膝；五曰大韵；六曰小韵；七曰旁纽；八曰正纽。录之如下：

一、平头。第一字不得与第六字同声，第二字不得与第七字同声。诗曰："今日良宴会，欢乐难具陈。""今"与"欢"同声，"日"与"乐"同声，一曰谓句首二字并是平声是犯。古诗："朝云晦初景，丹池晚飞雪。飘披聚还散，飞扬[1]凝且灭。"

二、上尾。第五字不得与第十字同声。诗曰："西北有高楼，上与浮云齐。""楼"与"齐"同声。一曰古诗："荡子到娼家，秋庭夜月华。桂华侵云长，轻云逐汉斜。"内"家"字与"华"字同声。是韵即不妨，若仄声是同上去入，即是犯也。

三、蜂腰。第二字不得与第五字同声，所以两头大，中心小，似蜂腰之形。诗曰："远与君别久，乃至雁门关。""与"字并"久"字同声。一曰古诗"寻至金门旦，言寻上苑春"。

四、鹤膝。第五字不得与十五字同声，所以两头细，中心

---

[1] 飞扬 《文镜秘府论》（P.180）作"吹杨"。

粗，似鹤膝之形。诗曰："新制齐纨素，皎洁如霜雪。裁为合欢扇，团圆似明月。""素"字与"扇"字同声。一曰古诗："陟野看阳春，登楼望初柳。绿池始沾裳，弱叶未映绶。"言"春"与"裳"字，同是平声，故曰犯，上去入亦然。

五、大韵。谓重叠相犯也。如五言诗以"新"字为韵者，九字内更着"津"字、"人"字等为大韵也。诗曰："胡姬年十五，春日独当垆。""胡"字与"垆"字同声也。一曰谓二句中字与第十字同声是犯。古诗："端坐若愁思，揽衣起西游。""愁"与"游"是犯也。

六、小韵。除第十字，九字中自有韵者是也。诗曰："客子已乖离，那宜远相送。""子""已""离""宜"字是也。一曰九字中有"明"字，又用"清"字是犯。古诗："薄帷鉴明月，清风吹我襟。"

七、傍纽。一句中已有"月"字，不得着"元""阮""愿"字，此是双声，即为傍纽也。诗曰："丈夫且安坐，梁尘将欲起。""丈""梁"之类，即谓犯耳。一曰谓十字中有"田"字，又用"寅""延"字是犯。古诗："田夫亦知礼，寅宾延上坐。"

八、正纽。如"壬""衽""任""入"四字为一纽，一句之中，已有"壬"字，更不得安"衽""壬"字。诗曰："我本汉家女，来嫁单于庭。""家""嫁"是一纽之内，名正双声。一曰谓十字中有"元"字，又有"阮""愿""月"字是犯。古诗："我本良家子，来嫁单于庭。""家"与"嫁"字，乃是犯也。

八病所拘太严，初学可不必以此为准绳。盖初学讲此，天机束缚殆尽，更无望其能发挥性灵矣。至于通常五忌，初学所不可不知也。

一曰格弱。诗贵格调高古，无论律绝，当使气象峥嵘，五色绚烂。虽意远语疏，皆为佳作。若格调凡下者，终使人可憎。《李希声诗话》[1]曰："薛能，晚唐诗人，格调不高，而妄自尊大，有《柳枝词》五首，最后一章曰：'刘白苏台总近时，当初章句是谁推。纤腰舞尽春杨柳，未有侬家一首诗。'自注诗：'刘、白二尚书，继为苏州刺史，皆赋《杨柳枝》词，世多传唱。但文字太僻，宫商不高耳。'能之大言如此。"今读其诗，真堪一笑。刘、白之词，则绝非能所逮。刘之词曰："城外春风吹酒旗，行人挥袂日西时。长安陌上无穷树，惟有垂杨管别离。"白之词云："红板江桥青酒旗，馆娃宫暖日斜时。可怜雨歇东风定，万树千条各自垂。"其格力风调，岂能所可仿佛哉。观此可知格调不可不讲也。

二曰字俗。诗中下字，须颖异不凡，如稍带粗俗，便觉鄙俚矣。但古来诗人，亦有善用俗字者，如数物以"个"，俗字也，而老杜诗云："峡口惊猿闻一个""两个黄鹂鸣翠柳""却绕井梧添个个"。又，食物为"吃"，俗字也，而老杜诗云："楼头吃酒楼下卧""梅熟许同许老吃"。令人读之，只觉其佳而不觉其俗，

---

[1] 李希声诗话 《诗人玉屑》(P.218)作"随笔"，指洪迈《容斋随笔》。

是在善用之耳。若夫今人才力不及老杜，终不宜语此。

三曰才浮。诗本以温柔敦厚为教，故论其全篇之旨，尤要在含蓄。如白乐天《宫怨》云："泪满罗巾梦不成，夜深前殿按歌声。红颜未老恩先断，斜倚熏笼坐到明。"及王昌龄《宫怨》云："宝仗平明宫殿开，暂将纨扇共徘徊。玉容不及寒鸦色，犹带昭阳日影来。"二诗是也，否则为才浮。

四曰理短。诗贵理由充足，不可牵强附会。如张继诗云："姑苏城外寒山寺，夜半钟声到客船。"句则佳矣，其如三更不是撞钟时。又白乐天《长恨歌》云："峨眉山下少人行。"峨眉在嘉州，与幸蜀全无交涉。又杜诗云："霜皮溜雨四十围，黛色参天二千尺。""四十围"，乃是径十尺，无乃太细长乎？又严维诗云："柳塘春水慢，花坞夕阳迟。"虽描写天容时态，融和骀荡，如在目前，但"夕阳迟"则系花，"春水慢"不须柳也，此皆谓之理短。

五曰意杂。诗意如连珠贯串，一丝到底。若上句言天，而下句谈地，或前联咏花，而后联吟草，是为意杂，均宜切戒。

第十章 取材

匠人之作室也，必其木石陶土，一一具备，然后可以施构造。染人之设色也，必其玄黄苍赤，一一罗列，然后可以成文章。诗家之需材，奚独不然？顾所谓材者，即天时、地理、人事、品物诸故事是。而此等故事，散在群书，非可以临颖渔猎而得也。道在有以取而储之，取储之方，将博涉载籍以求之乎，则汗漫而少功；将抱一二类书以记诵乎，则琐屑而乏味。无已，姑取前人名作，时时披览，则玩其章篇。既为先路之导，观其隶事，兼获馈贫之粮，一举两得，计莫便于此焉。然自周秦至今，二千余年，代有名作，卷帙繁重，汗牛充栋，初学无知，必难明其取舍。兹特次第言之，以便采择。

穷诗之渊源，当溯商周以上。若论诗之取材，必推本于《葩经》。《葩经》三百篇，四始彪炳，六义环深。后世名作如林，莫不胚胎于此。闽侯林传甲尝谓读"薄伐狁狁""与子同仇"诸什，如闻羌笛胡笳，拔剑欲起焉，此塞上之体也。读"彼黍离离""旄邱之葛"诸什，如临废堞芜城，植发如戟焉，此吊古之体也。读"桧楫松舟""皎皎白驹"诸什，如将乘桴揽辔，远游广览焉，此纪行之体也。又读"尽瘁以仕"，表忠爱之热诚；又读"夙夜在公"，知职分所当务，皆直庐之体也。又读"为鬼为蜮"，忧谗人之高张；又读"投畀豺虎"，伤疾恶之已甚；又读"自有肺肠"，悲朋党之分门；又读"赫赫宗周"，痛君权之旁落。汉唐宋之亡，其诗每多此体。其他《关雎》《葛覃》为宫词体，"妇叹于室"为闺怨体，尤不胜枚举。是故《葩经》者，资材宏富，无美不臻，无体不备，足为万世取法也。

继《葩经》而起者，则有《离骚》。《离骚》二十五篇，乃楚臣屈平，遭遇怀王，因爱成仇，为忠见谤，遂幽思冥索，以成此书。虽节奏悽怆，多侘傺抑郁之音，然托陈引喻，竟体芬芳，于烦乱聱扰之中，具悃款悱恻之旨。"国风"好色而不淫，"小雅"怨悱而不怒，屈子盖兼之矣。故欲取材于《葩经》之后，则《离骚》其先。

《离骚》而后，厥惟汉诗。如韦孟讽谏之作，房中郊祀之篇，气质古茂，几欲追踪二雅，仰绍前休。他如《瓠子歌》之浑厚，《秋风辞》之婉丽，河梁咏别之意长神远，《自劾诗》之古茂渊懿，《怨歌行》之用意微婉，《饮马长城窟》之缠绵宛折，《留郡赠妇诗》之和易动人，皆汉诗之冠冕，而可取材者也。

炎刘以降，去古未远。魏武沉雄，仿佛三侯；文帝婉约，依稀秋风。而子建多才，更五色相宣，八音朗畅，足以上继苏李，下开百代。余如仲宣、公干，所谓建安七子者，亦足以称巨擘。晋初潘岳《关中诗》、刘琨《答卢谌诗》、嗣宗《咏怀诗》、太冲《咏史诗》皆为一朝名作。他如束皙《补亡》别饶风雅。机云并作，专工咏物，然力不足以逞其才，于古诗言志外，堆垛排偶，与潘岳同。变两汉空灵矫健之风格，而入于铺排浅靡之境焉。江左篇制，越石清劲，景纯婉丽，与左思有鼎足之目。至于陶潜清悠澹永，有自然之致，其文其诗，皆出乎风气之外，斯诣尤不可及。此魏晋诗材之大略也。

宋齐之间，教失根本。士以简慢矫饰相尚，诗以风容色泽、放旷精清为高。盖吟写性情，流连光景之文也，意义格力，均无取焉。陵迟至梁陈，淫艳刻饰，竞尚词藻，佻巧小碎之极，又宋齐之不取也。下迨北魏、北齐、北周三朝，变魏汉而未成，非驴非马，尤梁陈之不取也。隋之为诗，由六朝而入于唐，确似风气转捩之候。读炀帝《饮马长城窟行》《白马篇》，杨素《山斋独坐》及《赠薛播州》诸作，气体宏远，有晋魏遗音。惜为时特暂，能诗之名，乃不得不让于唐代矣。

唐承陈隋，诗道大振。玄宗之《早度蒲关》《幸蜀西》《至剑门》诸作，雄健有力，风裁峻整。张说之七古，张九龄之五古，亦沉雄清醇，足以扶翼正声。其他王维、孟浩然、李颀、岑参、高适、王昌龄、储光羲之伦，先后继起，笙镛琴瑟，并奏竞陈。迨天宝、开元中，杜子美崛起，上薄《葩经》，下赅宋元，言夺苏李，气吞曹刘，掩颜谢之孤高，杂徐庾之流丽，尽得古今之体势，而为诗中集成之圣。并时而作者，又有李太白，出入风骚，祖尚魏晋。兹二子者，实为李唐泰斗。至韦应物、刘长卿及卢纶、吉中孚、韩翃、钱起、司空曙、苗发、崔峒、耿㠘、夏侯审、李端，所谓"大历十才子"是也，研练字句，力求工秀，虽失盛唐浑厚之风，然犹卓然可传。余如贾阆仙之清炼，韩愈之骇怪，李贺之奇诡，刘梦得之淳淡，柳子厚之苍劲，杜牧之健响，李义山之幽艳，温飞卿之清丽，各守师承，各遵家法，亦未可厚非。此唐代诗材之大略也。

宋划五季余习，依摹唐人，分为三派。王禹偁学长庆，是曰"白体"。寇准、林逋、魏野、潘阆辈师晚唐，是曰"晚唐体"。杨亿、刘筠等宗李义山，是曰"西昆体"。至欧阳公出，一变而为李太白、韩昌黎之诗。及苏子美、黄山谷出，又一变而为杜少陵之诗。其后吕居仁，既学陈后山，复学黄山谷，立为西江诗派，而宋体诗之格调遂成。南渡后，以尤袤、杨万里、范成大、陆放翁四家为最著，虽不列于西江诗派中，而实得统于山谷。此宋代诗材之大略也。

金元之际，诗以元遗山为最著，所作兴象深邃，风格遒上，无南渡诸人之习，亦无西江流派生拗粗犷之失。其古体构思窅渺，十步九折，竟欲驾苏、陆而上之。七言律沉挚悲凉，自成格调，直接少陵，非闲闲诸家所能企及。此外，刘迎、李汾、党怀英、赵秉文、虞道园、范亨父六家，亦多可取。至仇远、白珽、张翥、杨维贞诸子，好尚秾艳，品斯下矣。明初，刘基以苍茫古直著，高启以沉郁幽远称，始一扫元末纤靡之习而空之。风雅大兴，足以上继北宋。永乐而后，一变而为台阁体，诗道复衰。此取材于金元明三朝之大略也。

有清一代，亭林沉雄，梨洲婉丽，均无愧作手。钱谦益、吴伟业、龚鼎孳"江左三大家"，才华艳发，吐属风流，亦一时之雄。继起者有宋琬、施闰章、王士禄、王士祯、程可则、汪琬、沈荃、曹尔堪之"海内八大家"，而施、宋、士祯得名尤盛。乾嘉以后，其标帜树坛以争雄者，有袁枚、翁方纲、沈归愚三家。袁枚主性灵，才气纵横，不守前人矩镬；方纲欲以实救虚，言言徵实；归愚则倡为格调说，出入于汉魏盛唐诸家。当时诗人，靡然宗之。咸同间，曾涤生、吴南屏以复古名，此后宋诗大盛，惟王壬秋为《骚》、《选》、盛唐如故。此清代诗材之大略也。

综上所述，不下数十百家。学者讵能悉备，可先就坊间，购一二十种，或选读，或熟习，则命意遣词，资材不患其不丰富矣。

本次整理征引文献

杜文澜辑：《古谣谚》，中华书局1958年版。
蘅塘退士编：《唐诗三百首》，中华书局1959年版。
魏庆之：《诗人玉屑》，上海古籍出版社1959年版。
彭定求等编：《全唐诗》，中华书局1960年版。
（日）遍照金刚著，周维德校点：《文镜秘府论》，人民文学出版社1975年版。
翟蜕园、朱金城校注：《李白集校注》，上海古籍出版社1980年版。
逯钦立编：《先秦汉魏晋南北朝诗》，中华书局1983年版。
郭茂倩编撰，聂世美、仓阳卿校点：《乐府诗集》，上海古籍出版社1998年版。
徐倬：《道贵堂类稿》，《清代诗文集汇编》第86册，上海古籍出版社2010年版。
沈德潜编：《清诗别裁集》，上海古籍出版社2013年版。
张玉书等编：《佩文韵府》，《四库全书》本。

最浅学词法

编辑大意

本书定名《学词法》，专就浅近立说，为已解吟咏，而欲进窥倚声者，指示门径。

语云：登高自迩，行远自卑。本书爰本斯旨，分列七章：曰寻源，曰述体，曰论韵，曰考音，曰协律，曰填辞，曰立式，由浅及深，依次递进。学者得此，可无躐等之弊。

词体繁杂，综核古人之作，约有二千三百余式。本书不惮烦琐，摘述其体制之异同，及调名之缘起，务使学者应有尽有，不须调查他本。

韵分阴阳，音有清浊。本书广征博引，言之綦详，不第考其渊源，正其是非，而尤三致意于叶韵辨音之道。庶几操觚之时，可无落韵失腔之失。

金元以降，词学日芜，琢辞练句，风华自尚，不复研究音理，遂使词不合乐。本书有鉴于此，特详解协律、制调、填腔、运声以及禺指、务头等法，以蕲词曲合一之效。

按谱缀字，诸家名论极多。本书甄采其精要，为学者南针之指。

市上通行之词谱，或失之太繁，或失之太简，均非初学所宜。本书别选古词若干首,注明平仄用韵之处,以供模楷,并附注释,一览可以了然。

本书编者,虽从事有年,稍窥门径,而学识浅陋,舛谬实多。尚希海内博雅,匡其不逮。幸甚!

绪言

比物陈事，寓言兴感，词之为效也大矣。是以从古迄今，代有作者。李唐一代，韦应物、戴叔伦、王建、韩翃、白居易、刘禹锡，皆别创格调，自成一家。而温庭筠根柢《离骚》，尤为杰出。自是以下，唐之昭宗，后唐之庄宗，皆优为之。而南唐中主璟、后主煜所作小令，悽惋动人，绝唱千古。他若蜀之韦庄，南唐之冯延巳，深情曲致，亦堪伯仲。宋初，帝王如太宗、徽宗，大臣如寇准、韩琦、范仲淹、司马光，多精通音律，能制腔填词。下逮天圣、明道，晏殊、欧阳修、张先、柳永，及晏[1]几道，亦皆工艳词，而小山尤善于言情。洎乎苏东坡，一扫绮罗香泽而空之，豪情胜概，直欲上追青莲。无咎继之，力量稍逊，而伉爽磊落，亦足取。同时秦少游，清远婉约，仿佛温、韦。周美成沉郁顿挫，体兼众长，又其卓卓者。南渡后，姜夔可称大宗，余如辛弃疾、王沂孙、史达祖、吴文英、张炎、陈允平、周密、高观国，亦各具特长。金元之间，吴激、蔡松年二人最著，继之者为遗山，出入苏、辛、姜、史，说者

---

[1] 晏　底本"晏"后衍一"殊"字，据文意删。

谓为集两宋之大成。明末陈子龙崛起华亭，绵邈悱恻，神韵天然，为一代词人冠。清初有龚芝麓、梁肯堂、吴梅村、宋徵舆、钱芳标、顾贞观、王士祯、彭孙遹、沈丰垣、李雯、沈谦、陈维崧、朱彝尊诸人，俱以词名。而乾嘉之际，作者尤夥，张皋文之沉郁疏快，左仲甫之闲情逸致，恽子居之寄托遥深，李申耆之冷艳幽香，郑抡元之思长笔苦，尤其藉藉者也。他若戈载、项鸿祚、许宗衡、蒋春霖、蒋敦复、姚燮、王锡振七子，亦不愧名手。至于近今，风雅道衰，屈指海内作家，寥寥直如景星庆云，不可多见。设长此以往，恐阅数十年，难免如高筑嵇琴，绝响人间矣。心窃忧之。用是广稽名篇，博采群籍，辑为此编，以导来者。挽颓旨于未堕，开绝学于将来。区区苦心，想能见亮于明哲之士也。

中华民国九年四月
茂苑庞三省识

第一章 寻源

上古之时，六艺之中，诗、乐并列。诚以声音之道，感人最深，移风易俗，莫甚于乐。及墨子作《非乐》篇，习俗相沿。降及秦汉，《乐经》遂亡。然汉设乐府之官，而依永和声，犹不失先王之旨。至于六朝，乐府之官废，乐教尽沦，而文人墨客，无复永言咏叹，以寄其思，乃创为词，以绍乐府之遗。是故词者，乐府之变，肇于汉世，具于六朝。若按其音律，则又远自三百篇也。试取诗以证之，《召南·殷其雷》篇云："殷其雷，在南山之阳。"此三五言调也。《小雅·鱼丽》篇云："鱼丽于罶，鲿鲨。"此二四调也。《齐风·还》篇云："遭我乎峱之间兮，并驱从两肩兮。"此六七言调也。《召南·江有汜》篇云："不我以。不我以。"此叠句韵也。《豳风·东山》篇云："我来自东，零雨其濛。鹳鸣于垤，妇叹于室。"此换韵调也。《召南·行露》篇云："厌浥行露。"其第二章云："谁谓雀无角。"此换头调也。凡此烦促相宣，短长互用，实启后人协律之原。今最录诸家之说，以资考证。

王述庵先生《国朝词综序》[1]云：

汪氏晋贤序竹垞太史《词综》，谓长短句本于三百篇，并汉之乐府。其见卓矣，而犹未尽也。盖词实继古诗而作，而诗[2]本于乐。乐本乎音，音有清浊、高下、轻重、抑扬之别，乃为五音十二律以著之。非句有长短，无以宣其气而达其音。故孔氏颖达《诗正义》谓风、雅、颂有一、二字为句，及至八、九字为句者，所以和以[3]人声而无不协[4]也。三百篇后，《楚辞》亦以长短为声。至汉《郊祀歌》《铙吹曲》《房中歌》，莫不皆然。苏、李诗出[5]，画以五言，而唐时优伶所歌，则七言绝句，其余皆不入乐[6]。李太白、张志和以词续乐府[7]，不知者谓诗之变，而其实诗之正也。由唐而宋，多取词入于乐府，不知者谓乐之变，而其实词正[8]所以合乐也。

---

[1]《国朝词综序》 底本作《词综序》。按：《最浅学词法》本章多有撮抄江顺诒《词学集成》之处，《词学集成》汇集文献多有擅自删改之处。今据王昶《国朝词综序》(P.1)改。

[2] 诗 底本脱，据《国朝词综序》(P.1)补。

[3] 以 底本脱，据《国朝词综序》(P.1)补。

[4] 协 底本作"均"，据《国朝词综序》(P.1)改。

[5] 诗出 底本脱，据《国朝词综序》(P.1)补。

[6] 乐 底本"乐"后衍一"府"字，据《国朝词综序》(P.1)删。

[7] 李太白、张志和以词续乐府 《国朝词综序》(P.1)作"李太白、张志和始为词，以续乐府之后"。

[8] 词正 底本脱，据《国朝词综序》(P.1)补。

又云：

国朝[1]念诗乐失传甚久，命儒臣取三百篇谱之，著以四上五六诸音，列以琴瑟箫管[2]之器，于是三百篇皆可奏之乐部。今之词[3]，苟使伶人审其阴阳平仄，节其太过，而剂其不足[4]，安有不可入乐之词[5]？词可入乐，即与诗之入乐无异也。是词乃诗之苗裔，且以补诗之穷，余故表而出之，以为今之词，即古之诗，即孔氏颖达[6]之谓长短句。

案：先生之论极精确。但三百篇入乐，乃以音就字，以上四工尺之音，就平上去入之字，其节奏无考，其格调难寻，即所谓听古乐而恐卧者。若唐宋人之词，则皆知律吕者为之，所谓今乐也，有音节可考，又有律有腔，有五音十二宫。由音生字，与以音就字者不同。若不知律者所作之词，虽师旷复生，亦难入乐。调错句讹，字脱音梗，改不胜改，势必另作而后可，岂伶人之事乎！今人之词皆可入乐，似非通论。

朱竹垞先生《群雅集序》云：

---

[1] 国朝　《国朝词综序》(P.1)作"高宗纯皇帝"。
[2] 箫管　《国朝词综序》(P.2)作"笙箫"。
[3] 今之词　《国朝词综序》(P.1)作"则是选诸词"。
[4] 足　《国朝词综序》(P.2)作"及"。
[5] 之词　《国朝词综序》(P.2)作"者"。
[6] 颖达　底本脱，据《国朝词综序》(P.2)补。

用长短句制乐府歌词，由汉迄南北朝皆然。唐初以诗被乐，填词入调，则自开元、天宝始。逮五代十国，作者渐多，遗[1]有《花间》《尊前》《家宴》等集。宋之初[2]，太宗洞晓音律，制大小曲，及因旧曲造新声，施之教坊舞队，曲凡三百九十，又琵琶[3]一器[4]，有八十四调。仁宗于禁中度曲时，则[5]有若柳永。徽宗以[6]大晟名乐时，则[7]有若周邦彦、曹组、辛次膺、万俟雅言，皆明于宫调，无相夺伦者也。洎乎南渡，家各有词。虽道学如朱仲晦、真希元，亦能倚声中律吕，而姜夔审音尤精。终宋之世，乐章大备。四声二十八调，多至千[8]余曲，有引、有序、有令、有慢、有近、有犯、有赚、有歌头、有促拍[9]、有摊破、有摘遍、有大遍、有小遍、有转踏、有转调、有增减字、有偷声，惟因刘昺所编《燕[10]乐新书》失传，而八十四调图谱不见于世，虽有歌师、板师，无从知当日之琴趣、箫笛谱矣。

---

[1] 遗　底本脱，据《曝书亭集》卷四〇（P.6）补。
[2] 初　底本脱，据《曝书亭集》卷四〇（P.6）补。
[3] 琶　底本作"琶"，据《曝书亭集》卷四〇（P.7）改。
[4] 器　底本作"曲"，据《曝书亭集》卷四〇（P.7）改。
[5] 则　底本脱，据《曝书亭集》卷四〇（P.7）补。
[6] 以　底本脱，据《曝书亭集》卷四〇（P.7）补。
[7] 则　底本脱，据《曝书亭集》卷四〇（P.7）补。
[8] 千　底本作"十"，据《曝书亭集》卷四〇（P.7）改。
[9] 拍　底本作"迫"，据《曝书亭集》卷四〇（P.7）改
[10] 燕　《曝书亭集》卷四〇（P.7）作"宴"。

姚江[1]楼上舍俨……曰:"诗变而[2]为词,词变而[3]为曲,历世久远。声律之分合,均奏之高下[4],音节之缓急过度,既不得尽知,至若作者才思之浅深,初[5]不系文字之多寡。顾世之作谱者,类从《归自谣》铢累寸积,及于《莺啼序》而止……以字之长短分殊[6],安能各得其所?莫如论宫调之可知者叙于前。余以时代先后为次序[7],斯世运之[8]升降,可以观焉。"予曰:"旨哉……当以段安节《乐府杂录》、王灼《碧鸡漫志》及宋元高丽诸史所载调存词佚者具载之,并以张炎、沈伯时《乐府指迷》冠于卷[9]首。学者睹此,若大水之涉津梁焉[10]。"

此序于词之源流派别,最为明晰。盖自诗变为乐府,词与曲本不分,无不可入乐之词。缘作者不明律吕,所作之词不入调,而语则甚佳,读者不能割爱,于是以不可度之腔谓之词,

---

[1] 姚江　底本脱,据《曝书亭集》卷四〇(P.7)补。
[2] 而　底本脱,据《曝书亭集》卷四〇(P.7)补。
[3] 而　底本脱,据《曝书亭集》卷四〇(P.7)补。
[4] 下　底本作"小",据《曝书亭集》卷四〇(P.7)改。
[5] 初　底本脱,据《曝书亭集》卷四〇(P.7)补。
[6] 殊　底本作"调",据《曝书亭集》卷四〇(P.7)改。
[7] 序　底本脱,据《曝书亭集》卷四〇(P.7)补。
[8] 之　底本脱,据《曝书亭集》卷四〇(P.7)补。
[9] 卷　底本脱,据《曝书亭集》卷四〇(P.7)补。
[10] 若大水之涉津梁焉　《曝书亭集》卷四〇(P.7)作"何异过涉大水之获舟梁焉"。

即以可唱之词，别名为曲，而词曲遂分。故宋人之知律吕者，词皆可歌也。至后之人，则曲亦有不可歌者矣。

《香研居词麈》，歙西方成培撰。深明音律之原，语多可采。原词之始云：

> 古者诗与乐合，而后世诗与乐分。古人缘诗而作乐，后人倚调以填词。古今若是其不同，而钟律宫商之理，未尝有异也。自五言变为近体，乐府之学几绝。唐人所歌，多五七言绝句，必杂以散声，然后可被[1]之管弦，如《阳关》诗[2]必至三叠而后成音，此自然之理。后来遂谱其散声，以字句实之，而长短句兴焉。故词者，所以济近体之穷，而上承乐府之变也。

六合徐鼒《水云楼词序》云：

> 诗余之作，盖亦乐府之遗。孤臣孽子，劳人思妇，吁阊阖而不聪，继以歌哭；惧正容之莫悟，矢以曼音。其体卑，其思苦，其寄托幽隐，其节奏啴缓。故为之者，必中句中矩，端如贯珠，宜宫宜商，较之累黍。太白、飞卿，实导

---

[1] 被 《香研居词麈》（P.1）作"比"。
[2] 诗 底本脱，据《香研居词麈》（P.1）补。

先路；南唐、两宋，蔚成巨观。玉宇高寒，子瞻抒[1]其忠爱；斜阳烟柳，寿皇识为怨诽。当日[2]朝野，不少赏音。元之杂以俳优，明人决裂阡陌。淫哇日起，正始胥亡，高论鄙之。弁髦小儒，鼓其瓦缶，臣质之死，匠石伤焉。

案："元人杂以俳优，明人决裂阡陌"二语，词之坏于明，而实坏于元。俳优窜，而大雅之正音已失；阡陌开，而井田之旧迹难寻。夫词变为曲，犹诗变为词，非制曲之过，乃填词之过。然曲之粗鄙，制曲者取悦于俗耳，则元人不得辞其责矣。

---

[1] 抒　《水云楼诗词笺注》(P.332)作"将"。
[2] 当日　底本脱，据《水云楼诗词笺注》(P.332)补。

第二章
述体

词体丛杂，各家词谱，盲从臆测，均不能无误。张南湖《诗余谱》与舒白香词谱，平仄差该，而用黑白及半白半黑圈以分别之，不无亥豕之讹。且载调太略，如《粉蝶儿》与《惜奴娇》本两体，而误为一。程明善《啸余谱》则舛误并甚，如《念奴娇》之与《无俗念》《百字谣》《大江东》，《贺新郎》之与《金缕曲》，《金人捧露盘》之与《上西平》，本一体也，而分载数体。《燕台春》即《燕春台》，《大江乘》即《大江东》，《秋霁》即《春霁》，《棘影》即《疏影》，因讹字而列数体。甚至错乱句读，增减字数，而强缀标目，妄分韵脚者，不一而足。万红友《词律》出板较晚，于《啸余谱》等书，已多所纠正，然其中句读，仍有舛误。要其大体，胜前三书多矣，学者可取之以为参考，庶于辨别体制，有头绪可寻，不致茫无适从也。

唐人之词，多缘题生咏，如《临江仙》则言水仙，《女冠子》则述道情，《河渎神》则缘祠庙，《巫山一段云》则状巫峡，《醉公子》则咏公子醉也。诚以古人作词，以调为题，触景抒情，必合词名之本意。若宋人填词，则不复缘题生咏，如"流水孤村""晓风残月"等篇，皆与调名无与。而王晋卿《人月圆》词，语非咏月，谢无佚《渔家傲》曲，词异志和。是唐人以词调为题，而宋人不复以词调为题也。盖唐人由词而制调，故词旨多与调名相符；宋人因调而填词，故词旨多与调名不合，而词牌之外，别有词题矣。此则宋词之异于唐词者也。

调名起原，杨用修及都元敬考之甚晰，而沈天羽掩杨论为己说。如《蝶恋花》取梁元帝"翻阶蛱蝶恋花情"，《满庭芳》取吴融"满庭芳草易黄昏"，《点绛唇》取江淹"白雪凝琼貌，明珠点绛唇"，《鹧鸪天》取郑嵎"春游鸡鹿塞，家在鹧鸪天"，《惜余春》取太白赋语，《浣溪沙》取杜陵诗意，《青玉案》取《四愁诗》语，《踏莎行》取韩翃诗"踏莎行草过青溪"，《西江月》取卫万诗"只今惟有西江月"。《菩萨蛮》，西域妇髻也。《苏幕遮》，西域妇帽也。《尉迟杯》，尉迟敬德饮酒，必用大杯也。《兰陵王》，每入阵必先歌其勇也。《生查子》，"查"[1]，古"槎"字，张骞乘槎事也。《潇湘逢故人》，柳浑诗句也。又如《玉楼春》取白乐天诗"玉楼宴罢醉和春"，《丁香结》取古诗"丁香结恨新"，《霜叶飞》取杜诗"清霜洞庭叶，故欲别时飞"，《清都宴》取沈隐侯"朝上阊阖宫，夜宴清都阙"。《风流子》出《文选》，刘良《文选注》曰："风流，言其风美之声，流于天下。子者，男子之通称也。"《荔枝香》出《唐书》："贵妃生日，命小部奏

---

[1] 查　底本脱，据《词品》（P.12）补。

新曲，未有名。适进荔枝至，因名《荔枝香》。"《解语花》出《天宝遗事》，亦明皇称贵妃语。《解连环》出《庄子》"连环可解也"。《华胥引》出《列子》"黄帝昼寝，梦游华胥之国"。《塞垣春》，"塞垣"二字出《后汉书·鲜卑传》。《玉烛新》，"玉烛"二字出《尔雅》。《多丽》，张均妓名，善琵琶者也。《念奴娇》，唐明皇宫人念奴也。

按：宋人词调，不下千余，新度者，即本词取句命名，余俱按谱填缀。若如用修等一一推凿，何能尽符原指。且僻调甚多，又安能一一傅会载籍，自命稽古哉！学者宁失阙疑可耳。

词有同调异名者，昔人分为二体，实可从删。如《捣练子》，杜、晏二体，即《望江楼》。《荆州亭》即《清平乐》。《眉峰碧》即《卜算子》。《月中行》即《月宫春》。《惜分飞》即《惜双双》。《桂华明》即《四犯令》。《清川引》即《凉州令》。《杏花天》即《于中好》。《番枪子》《辘轳金井》即《四犯剪梅花》。《月下笛》即《琐窗寒》。《八犯玉交枝》即《八宝妆》。《荐金蕉》即《虞美人》之半。《醉思仙》即《醉太平》。《折丹桂》即《一落索》。《醉桃源》即《桃源忆故人》。《醉春风》即《醉花阴》。《惜余妍》即《露华》。《庆千秋》即《汉宫春》。《雪月交辉》即《醉蓬莱》。《雪夜渔舟》即《绣停针》。《恋春芳慢》即《万年欢》。《月中仙》即《月中桂》。《菩萨蛮引》即《解连环》。《十六字令》即《苍梧谣》。《南歌子》即《南柯子》，又即《春宵曲》。《双调》即《望秦川》，又即《风蝶令》。《三台令》即《翠华引》，又即《开元乐》。《忆江南》即

《梦江南》《望江南》《江南好》，又即《谢秋娘》，其《望江梅》《梦江口》《归塞北》《春去也》等名，则人不甚知矣。《深院月》即《捣拣子》。《阳关曲》即《小秦王》。《卖花声》《过龙门》《曲入真》即《浪淘沙》。《忆君王》《豆叶黄》《栏干万里心》即《忆王孙》。《宫中调笑》《转应曲》《三台令》即《调笑令》。《忆仙姿》《宴桃源》即《如梦令》。《一丝风》《桃花水》即《诉衷情》。《内家娇》即《风流子》。《红娘子》《灼灼花》即《小桃红》。《水晶帘》即《江城子》。《乌夜啼》《上西楼》《西楼子》《月上瓜洲》《秋夜月》《忆真妃》即《相见欢》。《双红豆》《忆多娇》《吴山青》即《长相思》。《醉思凡》《四字令》即《醉太平》。《愁倚栏令》即《春光好》。《一痕沙》《宴西园》即《昭君怨》。《湿罗衣》即《中兴乐》。《南浦月》《沙头月》《占樱桃》即《点绛唇》。《月当窗》即《霜天晓角[1]》。《百尺楼》即《卜算子》。《罗敷媚》《罗敷艳歌》《采桑子》即《丑奴儿》。《青杏儿》《似娘儿》即《促拍丑奴儿慢》。《子夜静》《重叠金》即《菩萨蛮》。《钓船笛》即《好事近》。《好女儿》即《绣带儿》。《玉连环》《洛阳春》《上林春》即《一落索》。《花自落》《垂杨碧》即《谒金门》。《喜冲天》即《喜迁莺》。《秦楼月》《碧云深》《玉交枝》即《忆秦娥》。《江亭怨》即《荆州亭》。《忆萝月》即《清平乐》。《醉桃源》《碧桃春》即《阮郎归》。《乌夜啼》即《锦堂春》。《虞美人歌》《胡捣练》即

---

[1] 角　底本脱，据《钦定词谱》补。

《桃源忆故人》。《秋波媚》即《眼儿媚》。《早春怨》即《柳梢青》。《小栏干》即《少年游》。《步虚词》《白蘋香》即《西江月》。《明月棹孤舟》《夜行船》即《雨中花》。《春晓曲》《玉楼春》《惜春容》即《木兰花》。《玉珑璁》《折红英》即《钗头凤》。《思佳客》即《鹧鸪天》。《舞春风》即《瑞鹧鸪》。《醉落魄》即《一斛珠》。《一箩金》《黄金缕》《明月生南浦》《凤栖梧》《鹊踏枝》《卷珠帘》《鱼水同欢》即《蝶恋花》。《南楼令》即《唐多令》。《孤雁儿》即《玉阶行》。《月底修箫谱》即《祝英台近》。《上西平》《西平曲》《上南平》即《金人捧露盘》。《上阳春》即《蓦山溪》。《瑞鹤仙影》即《凄凉犯》。《锁阳台》《满庭霜》即《满庭芳》。《碧芙蓉》即《尾犯》。《绿腰》即《玉漏迟》。《花犯念奴》即《水调歌头》。《红情》即《暗香》。《绿意》即《疏影》。《催雪》即《无闷》。《瑶台聚八仙》《八宝妆》即《秋雁过妆楼》。《百字令》《百字谣》《大江东去》《酹江月》《大江西上曲》《壶中天》《淮甸春》《无俗念》《湘月》即《念奴娇》。《疏帘淡月》即《桂枝香》。《小楼连苑》《庄椿岁》《龙吟曲》《海天阔处》即《水龙吟》。《凤楼吟》《芳草》即《凤箫吟》。《台城路》《五福降中天》《如此江山》即《齐天乐》。《柳色黄》即《石州慢》。《四代好》即《宴清都》。《菖蒲绿》即《归朝欢》。《西湖》即《西河》。《春霁》即《秋霁》。《望梅》《杏梁燕》《玉联环》即《解连环》。《扁舟寻旧约》即《飞雪满群山》。《惜余春慢》《苏武慢》《选冠子》即《过秦楼》。《寿星明》即《沁园春》。《金缕曲》《貂裘换酒》《乳燕飞》《风敲竹》

即《贺新郎》。《安庆摸》《买陂塘》《陂塘柳》即《摸鱼儿》。《画屏秋色》即《秋思耗》。《绿头鸭》即《多丽》。《个侬》即《六丑》。

《六州歌头》本鼓吹曲也，音调悲壮，又以古兴亡事实之，闻之使人慷慨，良不与艳词同科，诚可喜也。"六州"得名，盖唐人西边之州，伊州、梁州、石州、甘州、渭州、氐州也。宋人大祀大恸，皆用此调。明朝大恸，则用《应天长》矣。

词有隐括体，有回文体。回文之逐句回者，自东坡、晦庵始也。其通体回者，自义仍始也。然逐句难于通首，昔惟丁药园擅此，今录其一篇云：

> 下帘低唤郎知也。也知郎唤低帘下。来到莫疑猜。猜疑莫到来。　道侬随处好。好处随侬道。书寄待何如。如何待寄书。

小调换头，长调多不换头，间如《小梅花》《江南春》诸调，凡换韵者，多非正体，不足取法。又昔人词中有衬字，因此句限于字数，不能达意，偶增一字，如南北剧"这"字、"那"字、"正"字、"个"字、"却"字之类，后人竟可不用。

南北剧有与词同者，《青杏儿》中调即北剧小石调，《忆王孙》小令即北剧仙吕调。小令之《捣练子》《生查子》《点绛唇》《霜天晓角》《卜算子》《谒金门》《忆秦娥》《海棠春》《秋蕊香》《燕归梁》《浪淘沙》《鹧鸪天》《虞美人》《步蟾宫》《鹊桥仙》

《夜行船》《梅花引》，中调之《唐多令》《一剪梅》《破阵子》《行香子》《青玉案》《天仙子》《传言玉女》《风入松》《剔银灯》《祝英台近》《满路花》《恋芳春》《意难忘》，长调之《满江红》《尾犯》《满庭芳》《烛影摇红》《绛都春》《念奴娇》《高阳台》《喜迁莺》《东风第一枝》《真珠帘》《齐天乐》《二郎神》《花心动》《宝鼎现》，皆南剧之引子。小令之《柳梢青》《贺圣朝》，中调之《醉春风》《红林檎近》《蓦山溪》，长调之《声声慢》《八声甘州》《桂枝香》《永遇乐》《解连环》《沁园春》《贺新郎》《集贤宾》《哨遍》，皆南剧慢词。外此更有南北曲与诗余同名，而调实不同者。胡元瑞云："宋人《黄莺儿》《桂枝香》《二郎神》《高阳台》《好事近》《醉花阴》《八声甘州》之类，与元人毫无相似。若《菩萨蛮》《西江月》《鹧鸪天》《一剪梅》，元人虽用，悉不可按腔矣。"

第三章 论韵

词盛于两宋，其时即用为乐章，付之伶工，被诸管弦，故必谐于声律而后称工。自元曲行，而词仅为学士大夫余暇所涉猎，按调制篇，已诧博雅，不复研究声律，而词韵遂失传矣。有清以来，词韵专书，虽有数家，但各逞臆见，罔合古人。所可视为词家正鹄者，惟戈氏顺卿《词林正韵》一书，参酌订成，较为完善，今举其大略，而附其说于后。

《词林正韵》：

第一部　[平]一东二冬三钟通用

[仄]（上）一董二肿（去）一送二宋三用通用

第二部　[平]四江十阳十一唐通用

[仄]（上）三讲三十六养三十七荡（去）四绛四十一漾四十二宕通用

第三部　[平]五支六脂七之八微十二齐十五灰通用

[仄]（上）四纸五旨六止七尾十一荠十四贿（去）五寘六

至七志八未十二霁十三祭十四太十八队二十废通用

　　第四部　［平］九鱼十虞十一模通用

　　［仄］（上）八语九麌十姥（去）九御十遇十一暮通用

　　第五部　［平］十三佳十四皆十六咍通用

　　［仄］（上）十二蟹十三骇十五海（去）十四太十五卦十六怪十七夬十九代通用

　　第六部　［平］十七真十八谆十九臻二十文二十一欣二十三魂二十四痕通用

　　［仄］（上）十六轸十七准十八吻十九隐二十一混二十二很（去）二十一震二十二稕二十三问二十四焮二十六慁二十七恨通用

　　第七部　［平］二十二元二十五寒二十六桓二十七删二十八山一先二仙通用

　　［仄］（上）二十阮二十三旱二十四缓二十五潸二十六产二十七铣二十八狝（去）二十五愿二十八翰二十九换三十谏三十一裥三十二霰三十三线通用

　　第八部　［平］三萧四宵五爻六豪通用

　　［仄］（上）二十九篠三十小三十一巧三十二皓（去）三十四啸三十五笑三十六效三十七号通用

　　第九部　［平］七歌八戈通用

　　［仄］（上）三十三哿三十四果（去）三十八个三十九过通用

　　第十部　［平］十三佳九麻通用

[仄](上)三十五马(去)十五卦四十祸通用

第十一部 [平]十二庚十三耕十四清十五青十六蒸十七登通用

[仄](上)三十八梗三十九耿四十静四十一迥四十二拯四十三等(去)四十三映四十四诤四十五劲四十六径四十七证四十八隥通用

第十二部 [平]十八尤十九侯二十幽通用

[仄](上)四十四有四十五厚四十六黝(去)四十九宥五十候五十一幼通用

第十三部 [平]二十一侵独用

[仄](上)四十七寝(去)五十二沁通用

第十四部 [平]二十二覃二十三谈二十四盐二十五沾二十六咸二十七衔二十八严二十九凡通用

[仄](上)四十八感四十九敢五十琰五十一忝五十二俨五十三豏五十四槛五十五范(去)五十三勘五十四阚五十五艳五十六桥五十七验五十八陷五十九鉴六十梵通用

第十五部 [仄](入)一屋二沃三烛通用

第十六部 [仄](入)四觉十八药十九铎通用

第十七部 [仄](入)五质六术七栉二十陌二十一麦二十二昔二十三锡二十四职二十五德二十六缉通用

第十八部 [仄](入)八勿九迄十月十一没十二曷十三末十四黠十五牵十六屑十七薛二十九叶三十帖通用

第十九部 ［仄］（入）二十七合二十八盍三十一业三十二洽三十三狎三十四乏通用

戈氏曰：词始于唐，唐时别无词韵之书。宋朱希真尝拟"应制词韵"十六条，而别[1]列入声韵四部。其后张辑释之，冯取洽增之。至元陶宗仪曾讥其淆混，欲为改定，而其书久佚，目亦无自考矣。厉鹗《论词绝句》有云："欲呼南渡诸公起，韵本重雕菉斐轩。"注云："曾见绍兴二年刊《菉斐轩词林要韵》一册，分东、红、邦、阳十九韵，亦有上、去、入三声作平声者。"于是人皆知有《菉斐轩词韵》，而又未之见。近秦敦夫先生取阮芸台先生家藏《词林韵释》，一名《词林要韵》，重为开雕，题曰"宋菉斐轩刊本"，而跋中疑为元明之季谬托，又疑此书专为北曲而设。诚哉是言也！观其所分十九韵，且无入声，则断为曲韵无疑。樊榭偶未深究耳。是欲辑词韵，前既无可考，而此书又不可据以为本也。国初沈谦曾著《词韵略》一编，毛先舒为之括略，并注以东董、江讲、支纸等标目，平领上去，而止列平上，似未该括。入声则连二字，曰屋沃，曰觉药，又似纷杂。且用阴氏韵目，删并既失其当，则分合之界，模糊不清，字复乱次以济，不归一类；其音更不明晰，舛错之讥，实所难免。同时有赵钥、曹亮武均撰词韵，与去矜大同小异。若李渔之《词韵》四卷，列二十七部，以支微部分为三，曰支、纸、

---

[1] 别 《词林正韵·发凡》（P.36）作"外"。

寘，曰围、委、未，曰奇、起、气。鱼虞部分为二，曰鱼、雨、御，曰夫、甫、父。家麻部分为二，曰家、假、驾，曰嗟、姐、借。覃盐部分为二，曰甘、感、绀，曰兼、检、剑。入声则以屑、叶为一部，厥、月、褐、缺为一部，物、北为一部，挞、伐为一部。以乡音妄自分析，尤为不经。至前此胡文焕《文会堂词韵》，平、上、去三声用曲韵，入声用诗韵，骑墙之见，亦无根据。近又有许昂霄辑《词韵考略》，亦以今韵分编。平、上、去分十七部，入声分九部，曰古通古转，曰今通今转，曰借叶。自称本楼敬思《洗砚集》中之论，大旨以平声贵严，宜从古；上、去较宽，可参用古今；入声更宽，不妨从今。但不知所谓古今者，何古何今，而又何所谓借叶？痴人说梦，更不足道。所幸者诸书俱未风行，犹不至[1]谬以传谬。今填词家所奉为圭臬，信之不疑者，则莫如吴烺、程名世诸人所著之《学宋斋词韵》。其书以学宋为名，宜其是矣，乃所学者，皆宋人误处。真、谆、臻、文、欣、魂、痕、庚、耕、清、青、蒸、登、侵，皆同用；元、寒、桓、删、山、先、仙、覃、谈、盐、沾、严、咸、衔、凡，又皆并部；入声则物、迄入质、陌韵，合、盍、业、洽、狎、乏入月、屑韵，滥通取便，骈驳不堪。试取宋人名作读之，果尽若是之宽者乎？且字数太略，音切又无分合，半通之韵，则臆断之，去上两见之字，则偏收之。种种疏谬，其病百出，

---

[1] 至　底本脱，据《词林正韵·发凡》(P.40)补。

不知而作，贻误来兹，莫此为甚。而复有郑春波者，继作《绿漪亭词韵》以附会之、羽翼之，而词韵遂因之大紊矣。是古人之词具在，无韵而有韵，今人之韵成书，有韵而无韵，岂不大可笑哉！是书列平、上、去为十四部，入声为五部，共十九部，皆取古人之名词，参酌而审定之，尽去诸弊。非谓前人之书皆非，而予言独是也，不过求合于古。一片苦心，知音者自能鉴谅尔。

词韵与诗韵有别，然其源即出于诗韵，乃以诗韵分合之耳。诗韵自南齐永明时，谢朓、王融、刘绘、范云之徒，盛为文章，始分平、上、去、入为四声。汝南周子，乃作《四声切韵》，梁沈约继之为《四声谱》。此四声之始，而其书已久失传。隋仁寿初，陆法言与刘臻、颜之推、魏渊等八人，论定南北是非、古今通塞，撰《切韵》五卷。唐仪凤时，郭知元等又附益之。天宝中，孙愐诸人复加增补，更名曰《唐韵》。宋祥符初，陈彭年、邱雝重修，易名曰《广韵》。景德四年，戚纶等承诏详定考试声韵，别名曰《韵略》。景祐初，宋祁、郑戬建言以《广韵》为繁略失当，乞别刊定。即命祁、戬与贾昌朝同修，而丁度、李淑典领之。宝元二年书成，诏名曰《集韵》。是自《切韵》始，而《唐韵》，而《广韵》，而《韵略》，而《集韵》，名虽屡易，而其书之体例未易。总分为二百六部，独用、同用，所注了然。非特可用之于诗，即用之于词，亦无不可也。至江北平水刘渊，师心变古，一切改并，省至一百七部，而元初黄公绍《古今韵会》因之。又有阴氏时中、时夫著《韵府群玉》，复并上声之拯部，存一百六部，字亦删，剩八千八百余字，较《广韵》十之四，《集韵》仅十之二。此即今通行韵本，考之于古，鲜有合焉者矣。即以词论，灰、咍本为二韵，灰可以入支微，咍可以入皆来。元、魂、痕本为三韵，元可以入寒删，魂、痕可以入真文。即佳、泰、卦三韵，于词有半通之例，其字皆以切音分类，各有经界，分合自明，乃妄为删并，纷纭淆乱，而填词者亦不知所宗矣。

词韵与曲韵亦不同。制曲用韵，可以平、上、去通叶，且无入声。如周德清《中原音韵》，列东、钟、江、阳等十九部，入声则以之配隶三声，例曰：广其押韵，为作词而设。以予推之，入为瘂音，欲调曼声，必谐三声，故凡入声之正次清音转上声，正浊作平，次浊作去，随音转协，始有所归耳。高安虽未明言其理，而予测其大略如此。实则宋时已有中州韵之书，载《啸余谱》中，不著撰人姓氏，而凡例谓为宋太祖时所编，毛驰黄亦从其说。是高安已有所本。明范善溱又撰《中州全韵》。清初李书云有《音韵须知》，王鵔有《音韵辑要》，此又本高安而广之者。至《词林韵释》，与《中原音韵》亦同，而标目大异，如东钟则曰东红，鱼模则曰车夫，桓欢则曰鸾端之类。要其为十九部，以入声配三声则一也，此皆曲韵也。盖《中原音韵》诸书，支思与齐微分二部，寒山、桓欢、先天分三部，家麻、车遮分二部，监咸、廉纤分二部，于曲则然，于词则不然。况四声缺入声，而词则明明有必须用入之调，断不能缺。故曲韵不可为词韵也。惟入声作三声，词家亦多承用。如晏几道《梁州令》"莫唱阳关曲"，"曲"字作邱雨切，叶鱼虞韵。柳永《女冠子》"楼台悄似玉"，"玉"字作于句切。又《黄莺儿》"暖律潜催幽谷"，"谷"字作公五切，皆叶鱼虞韵。晁补之《黄莺儿》"两两三三修竹"，"竹"字作张汝切，亦叶鱼虞韵。黄庭坚《鼓笛令》"眼厮打过如拳踢"，"踢"字作他礼切，叶支微韵。辛弃疾《丑奴儿慢》"过者一霎"，"霎"字作双鲜切，叶家麻韵。杜安世《惜春令》"闷无绪、玉箫抛掷"，"掷"字作征移切，叶支微韵。张炎《西子妆》"漫遥岑寸碧"，"碧"字作邦彼切，亦叶支微韵。又《徵招》换头"京洛染缁尘"，"洛"字须韵，作郎到切，叶萧豪韵。此皆以入声作三声而押韵也。又有作三声而在句中者，如欧阳修《摸鱼子》"恨人去寂寂，凤枕孤难宿"，"寂寂"叶精妻切。柳永《满江红》"待到头、终久问伊著"，"著"字叶池烧切；又《望远行》"斗酒十千"，"十"字叶绳知切。苏轼[1]《行香子》"酒斝时、须满十分"，周邦彦《一寸金》"便入鱼钩乐"，"十"字、"入"字同。李景元《帝台春》"忆得盈盈拾翠侣"，"拾"字亦同。周邦彦又有《瑞鹤仙》"正值寒食"，"值"字叶征移切。秦观《望海潮》"金谷俊游"，"谷"字叶公五切。又《金明池》"才子倒玉山休诉"，"玉"字叶语居

---

[1] 轼　底本作"载"，据《词林正韵·发凡》（P.49）改。

切。吴文英《无闷》"鸾驾弄玉","玉"字同。黄庭坚《品令》"心下快活自省","活"字叶华戈切。辛弃疾《千年调》"万斛泉","斛"字叶红姑切。吕渭老《薄幸》"携手处、花明月满","月"字叶胡靴切。姜夔《暗香》"旧时月色",吴文英《江城梅花引》"带书傍月自锄畦",两"月"字同。万俟雅言《梅花引》"家在日边","日"字叶人智切;又《三台》"饧香更酒冷,踏青路","踏"字叶当加切。方千里《瑞龙吟》"暮山翠接","接"字叶兹野切。又《倒[1]犯》"楼阁参差帘栊悄","阁"字叶冈懊切。陈允平《应天长》"曾惯识凄凉岑寂","识"字叶伤以切。周密《醉太平》"眉销额黄","额"字叶移介切。诸如此类[2],不可悉数。

词之为道,最忌落腔。落腔者,即丁仙现所谓落韵也。姜白石云:"十二宫住字不同,不容相犯。"沈存中《补笔谈》载燕乐二十八调杀声。张玉田《词源》论结声正讹,不可转入别腔。住字、杀声、结声,名虽异而实不殊,全赖乎韵以归之。然此第言收音也,而用韵之吃紧处,则在乎起调毕曲。盖一调有一调之起,有一调之毕。某调当用何字起、何字毕,起是始韵,毕是末韵,有一定不易之则,而住字、杀声、结声即由是以别焉。词之谐不谐,恃乎韵之合不合。韵各有其类,亦各有其音,用之不紊,始能融入本调,收足本音耳。韵有四呼

---

[1] 倒　底本作"侧",据《词林正韵·发凡》(P.50)改。
[2] 类　底本作"频",据《词林正韵·发凡》(P.50)改。

七音三十一等，呼分开合，音辨宫商，等叙清浊。而其要则有六条：一曰穿鼻，二曰展辅，三曰敛唇，四曰抵腭，五曰直喉，六曰闭口。穿鼻之韵，东冬钟、江阳唐、庚耕清青蒸登三部是也，其字[1]必从喉间反入，穿鼻而出作收韵，谓之穿鼻。展辅之韵，支脂之微齐灰、佳皆哈二部是也，其字出口之后，必展两辅如[2]笑状作收韵，谓之展辅。敛唇之韵，鱼虞模、萧宵爻豪、尤侯幽三部是也，其字在口半启半闭，敛其唇以作收韵，谓之敛唇。抵腭之韵，真谆臻文欣魂痕、元寒桓删山先仙二部是也，其字将终之际，以舌抵着上腭作收韵，谓之抵腭。直喉之韵，歌戈、佳麻二部是也，其字直出本音，以作收韵，谓之直喉。闭口之韵，侵、覃谈盐沾严咸衔凡二部是也，其字闭其口，以作收韵，谓之闭口。凡平声十四部，已尽于此，上、去即随之，惟入声有异耳。入声之本体，后有论四声表在，亦可类推。至其叶三声者，则入某部即从某音，总不外此六条也。明此六者[3]，庶几韵不假借，而起、毕、住字无不合矣，又何虑其落韵乎！

　　杨缵有《作词五要》，第四云：要随律押韵。如越调《水龙吟》、商调《二郎神》，皆合用平入声韵。古词俱押去声，所以转折怪异，成不祥之音。昧律者反称赏之，直可解颐而启齿也。

---

[1] 字　底本作"定"，据《词林正韵·发凡》（P.65）改。
[2] 如　底本作"知"，据《词林正韵·发凡》（P.66）改。
[3] 者　底本作"音"，据《词林正韵·发凡》（P.67）改。

杨瓒，字守斋，《蘋洲渔笛谱》中所称紫霞翁者即是。诸词书引之为杨诚斋，误[1]也。守斋洞晓音律，常与草窗论五凡工尺义理之妙，未按管色，早知其误，草窗之词，皆就而订正之。玉田亦称其持律甚严，一字不苟作，观其所论可见矣。予尝即其言而推之，词之用韵，平仄两途，而有可以押平韵，又可以押仄韵者，正自不少。其所谓仄，乃入声也。如越调之有《霜天晓角》《庆春宫》，商调之有《忆秦娥》，其余则双调[2]之《庆佳节》，高平调之《江城子》，中吕宫之《柳梢青》，仙吕宫之《望梅花》《声声慢》，大石调之《看花回》《两[3]同心》，小石调之《南歌子》。用仄韵者，皆宜入声。《满江红》有入南吕宫，有入仙吕宫。入南吕宫者，即白石所改平韵之体，而要其本用入声，故可改也。外此又有用仄韵而必须入声者，则如越调之《丹凤吟》《大酺》，越调犯正宫之《兰陵王》，商调之《凤凰阁》《三部乐》《霓裳中序第一》《应天长慢》《西湖月》《解连环》，黄钟宫之《侍香金童》《曲江秋》，黄钟商之《琵琶[4]仙》，双调之《雨霖铃》，仙吕宫之《好事近》《蕙兰芳引》《六幺令》《暗香》《疏影》，仙吕犯商调[5]之《凄凉犯》，正平调之《淡黄柳》，无射宫之《惜红衣》，正宫中吕宫之《尾犯》，中吕商之《白苎》，

---

[1] 误　底本作"该"，据《词林正韵·发凡》（P.68）改。
[2] 调　底本作"词"，据《词林正韵·发凡》（P.68）改。
[3] 两　底本作"雨"，据《词林正韵·发凡》（P.69）改。
[4] 琵琶　底本作"琶琶"，据《词林正韵·发凡》（P.69）改。
[5] 调　底本作"词"，据《词林正韵·发凡》（P.69）改。

夹钟羽之《玉京秋》，林钟商之《一寸金》，南吕商之《浪淘沙慢》，此皆宜用入声韵者，勿概之曰仄，而用上去也。其用上去之调，自是通叶，而亦稍有差别。如黄钟商之《秋宵吟》，林钟商之《清商怨》，无射商之《鱼游春水》，宜单押上声。仙吕调之《玉楼春》，中吕调之《菊花新》，双调之《翠楼吟》，宜单押去声。复有一调中必须押上、必须押去之处，有起韵、结韵宜皆押上、宜皆押去之处，学者自加考核，不能一一胪列。

宋人词有以方音为叶者，如黄鲁直《惜余欢》阁、合同押，林外《洞仙歌》锁、考同押，曾觌《钗头凤》照、透同押，刘过《辘轳金井》溜、倒同押，吴文英《法曲献仙音》冷、向同押，陈允平《水龙吟》草、骤同押。此皆以土音叶韵，究属不可为法。《中原音韵》诸书，则以庚耕清之横烹棚荣兄轰萌琼、登韵之崩朋薨肱等字俱入东钟，尤韵之罘蜉入鱼虞。此在中州音则然，止可施之于曲，词则无有用者。唯有借音之数字，宋人多习用之。如柳永《鹊桥仙》"算密意幽欢，尽成辜负"，"负"字叶方布切。辛弃疾《永遇乐》"凭谁问，廉颇老矣，尚能饭否"，"否"字叶方古切。赵长卿《南乡子》"要底园儿糖上浮"，"浮"字叶房逋切。周邦彦《大酺》"况萧索、青芜国"，"国"字叶古六切。潘元质《倦寻芳》"待归来、碎揉花打"，"打"字叶当雅切。姜夔《疏影》"但暗忆、江南江北"，"北"字叶逋沃切。韩玉《曲江秋》亦用国、北叶屋沃韵。吴文英《端正好》"夜寒重、长安紫陌"，"陌"字叶末各切，《烛影摇红》"相间金茸翠亩"，

"亩"字叶忙补切。蒋捷《女冠子》"羞与闹蛾儿争耍","耍"字叶霜马切之类。略举数家,已见一斑,相沿至今,既有音切,便可遵用。

四声之中,入声最难分别。《中原音韵》以入作三声,惟支微、鱼虞、皆来、萧豪、歌戈、家麻、尤侯七部,其音即随部转协,此入声而非入声也。若四声表之以入分配,则有无相反,其说亦微有不同。就词韵而论,莫如以沃屋烛为东钟之入声,觉铎药为江阳之入声,质术栉为真文之入声,勿迄月没曷末黠辖屑薛叶帖为寒删之入声,陌麦昔职德为庚清之入声,缉为侵寻之入声,盍业洽狎乏为覃盐之入声,其余七部皆无,则至当不易。毛先舒所撰《曲[1]韵》,似有与词合者,如一屋单用,二质、七陌、八缉通用,五屑、十叶通用,亦可单用。此为南曲而设,南曲即本乎词,其于宋词之用韵,信乎殊流而同源。至三曷、六叶通用,四辖、九合通用,则又与[2]词不合矣。

诗韵分部甚严,而许景宗曾议其韵窄,奏请合用。宋景祐时,诏国子监以《礼部韵略》,其韵窄者,许令附近通用,故有同用独用之目。至词家则合而用之者更宽,即由此意而推广之耳。若谓词韵之合用,即本古韵之通转,则非也。古韵通转始于武夷吴棫《韵补》一书,其例言谓皆《集韵》诸书所不载,或载而训义不同,或注释未收者,则补之。徐蒇之序称其渊源

---

[1] 曲 底本作"七",据《词林正韵·发凡》(P.78)改。
[2] 与 底本作"于",据《词林正韵·发凡》(P.79)改。

精确。朱子亦间取之，以叶三百篇之音。然其所注通转，颇多疏舛。如文曰古转真，是以通为转也。魂曰古转真，痕曰古通真，是同类而一作通、一作转也。覃谈盐沾严咸衔凡亦同类，而曰覃古通删，谈古通覃，盐古通先，沾古通盐，咸衔古通删，严古通先，凡古通严。且平之元曰古通真，平之覃曰古通删，上之感曰古通铣，去之愿曰古通霰，是平、上、去三声前后不同也。此不独施之于诗有所不合，即词亦不可遵而用之。其后郑庠有《古音辨》，亦论通转。乃分为六部：东冬钟、江阳唐、庚耕清青蒸登，皆协阳音；支脂之微齐、佳皆、灰哈，皆协支音；真谆臻文欣元魂痕、寒桓删山先仙，皆协先音；鱼虞模、歌戈、麻，皆协虞音；萧宵爻豪、尤侯幽，皆协尤音；侵、覃谈盐沾严咸衔凡，皆协覃音。所论皆古韵，与词韵之分合，绝不相蒙，勿谓吴、郑皆宋人，可据为则，故并论及之。

第四章 考音

音者,谱也。古人按律治谱,以词定声,故玉田生平好为词章,用功逾四十年,锤锻字句,必求协乎音律。观《词源》一书,可知用功之所在。今世之人,往往视词为易事,伸纸染翰,率尔而作,不知宫调为何物。即有知玉田为正轨者,而所论五音之数、六律之理,又茫然在云雾中,宜乎元音日以晦灭,而词不能协律也。

音生于日,律生于辰。日为十母:甲乙,角也;丙丁,徵也;戊己,宫也;庚辛,商也;壬癸,羽也。辰为十二子,六阳为律,六阴为吕:一曰黄钟,元间大吕;二曰太簇,二间夹钟;三曰姑洗,三间仲吕;四曰蕤宾,四间林钟;五曰夷则,五间南吕;六曰无射,六间应钟。此阴阳声律之名也。

五音中,宫,喉音,属土,君之象,为信,徵所生,其声浊,生数五,成数十。商,腭音,属金,臣之象,为义,宫所生,其声次浊,生数四,成数九。角,舌音,属木,民之象,为仁,羽所生,其声半清半浊,生数三,成数八。徵,齿音,属火,事之象,为礼,角所生,其声次清,生数二,成数七。

羽，唇音，属水，物之象，为智，商所生，其声最清，生数一，成数六。

六律中，黄钟，所以宣养六气九德也。又曰：黄者，中也；钟者，种也。又曰：黄者，中和之气。太簇，所以金奏赞扬，出滞也。又曰：言万物簇生也。又曰：阳气既大，奏地而达出也。颜氏曰：奏，进也。又曰：万物始大，凑地而出之也。姑洗，所以修洁百物，考神纳宾也。又曰：万物洗生。又曰：姑，必也。洗，洁也。言阳气洗物，必使之洁也。又曰：姑者，故也。洗者，鲜也。万物去故就新，莫不鲜明也。蕤宾，所以安靖神人，献酬交酢也。又曰：阴气幼少，故曰蕤萎。阳不用事，故曰宾。又曰：蕤，继也。宾，导也。言阳始导阴气，使继万物也。又曰：蕤者，下也。宾者，敬也。言阳气上极，阴气始宾敬也[1]。夷则，所以咏歌九则，平民无贰也。又曰：言阴气之贼万物也。又曰：则，法也。言阳气正法度，使阴气夷当伤之物也。又曰：夷，伤也。则，法也，万物始伤，被刑法也。无射，所以宣布哲人之令德，示民轨仪也。又曰：射，厌也。言阳气究物，而使阴气毕剥落之，终而复始[2]无厌已也。又曰：射者，终也。言万物随阳而终，当复随阴而起，无有终已也。大吕，助宣物也。又曰：吕，旅也。言阴气大旅，助黄钟宣气而牙物也。夹钟，出四隙之细也。又曰：言阴阳相夹厕也。又曰：言阴气夹助太

---

[1] 阴气始宾敬也 《词话丛编·词源》（P.241）作"阴气始起，故宾敬也"。
[2] 始 底本脱，据《词话丛编·词源》（P.241）补。

簇，宣四方之气，而出种物也。中吕，宣中气也。又曰：言万物尽旅而西行也。又曰：言微阴始起未成，著于其中，旅助姑洗，宣气齐物也。又曰：言阳气将极中充大也。林钟，和展百事，俾莫不任肃纯恪也。又曰：林，君也。言阴气受任，助蕤宾君主种物，使长大楙盛也。又曰：言万物就陨，气林林然。又曰：林者，众也，言万物成就，种类多也。南吕，赞扬秀也。又曰：言万物之旅入藏也。又曰：言阴气旅助夷则，任成万物也。又曰：南，任也。言阳气尚任包大，生荠麦也。应钟，均利器用，俾应复也。又曰：阳气之应，不用事也。又曰：言阴气应无射，该藏万物，于十二子为亥。亥者，该也，言万物应阳而动下藏。此阴阳声律之说也。气始于冬至，律本于黄钟，或损或益，以生商角徵羽。阳下生阴，阴[1]上生阳。下生者，倍其实，三其法；上生者，四其实，倍其法。故黄钟长九寸，倍之为十八，三之为六，而生林钟之长。林钟长六寸，四之为二十四，三之为八，而生太簇之长。此律吕损益相生之道也。

上图纪阴阳上下相生之道。自子至于巳为阳，故自黄钟至中吕皆下生。自

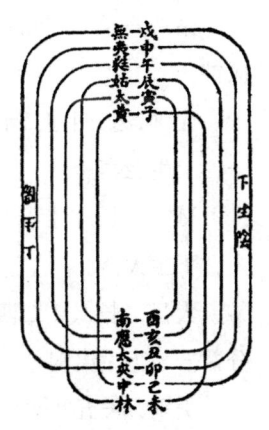

"上生阳，下生阴"图

---

[1] 阴　底本作"阳"，据《词话丛编·词源》（P.242）改。

午至于亥为阴，故自蕤宾至应钟皆上生。六十律相反，所以分为一纪也。以《汉志》所论"同类娶妻，隔八生子"纳音之法推之，即律吕相生之义。盖一律具五音，十二律纳六十音也。凡气始于东方而右行，音起于西方而左行，阴阳相错而变化生焉。列表如下：

黄钟，长九寸，为父，阳律。三分损一，下生林钟。

林钟，长六寸，为母，阴吕。三分益一，上生太簇。

太簇，长八寸，为子，阳律。三分损一，下生南吕。

南吕，长五寸三分寸之一，为子妻，阴吕。三分益一，上生姑洗。

姑洗，长七寸九分寸之一，为孙，阳律。三分损一，下生应钟。

应钟，长四寸二十七分寸之二十，为孙妻，阴吕。三分益一，上生蕤宾。

蕤宾，长六寸八十一分寸之二十，为曾孙，阳律。三分损一，下生大吕。

大吕，长八寸二四十三寸之一百四，为曾孙妻，阴吕。三分益一，上生夷则。

夷则，长五寸七百廿九分寸之四百五十一，为元孙，阳律。三分损一，下生夹钟。

夹钟，长七寸二千一百八十七分寸之千七十五，为元孙妻，阴吕。三分益一，上生无射。

无射，长四寸六千五百六十一分寸之六千五百二十四，为来孙，阳律。三分损一，下生中吕。

中吕，长六寸万九千六百八十三分寸万二千九百七十四，为来孙妻，阴吕。三分益一，上生黄钟。

古者以宫、商、角、徵、羽五声，乘黄钟、大吕、太簇、夹钟、姑洗、中吕、蕤宾、林钟、夷则、南吕（宫）、无射、应钟十二律，得八十四调，所以限定乐器管色之高低也。其法如上图，隔八相生。

律吕隔八相生图

黄钟之均，则以黄钟律为宫音之调。从本律数八，至林钟为徵。林钟数八，至太簇为商。太簇数八，至南吕为羽。南吕数八，至姑洗为角。此五音之正调也。姑洗数八，至应钟为闰宫。应钟数八，至蕤宾为闰徵。此二变调也。共为七调，余十一律仿此。古谓之七宗，又谓七始，《汉志》称舜欲闻七始，是也。夫五音得二变，而后成音，犹四时得闰而后成岁。空积忽微，变化相推，自然之理，乐中之神妙也。淮南子云："姑洗生应钟，比于正音，故为和。应钟生蕤宾，不比正音，故为缪。"按："和""缪"，即二变之谓。应钟变宫在南吕，羽之后不杂五声正音中，故曰比。和者，如歌之声相应也。古乐声之余，皆有和。蕤宾变徵，杂入正音，角羽之间，故曰不比。缪者，如丝之乱而理也。古乐声之终，皆有乱。蔡元定以相去二律，为二变之说，所以济五音之不及。予谓五音，各以阴阳相从相间而成，至应钟则不值五洗之名，故仍间姑洗角而还为宫也。蕤宾去五音益远，故又得间应钟，变宫而再变为徵也。以律吕环而推之，应钟之阴，从黄钟之阳，林钟之阴，又从蕤宾之阳。故七音皆清次浊也，其曰闰者，声也；曰变者，调也。宋陈旸未达斯理而深排之，值矣。

十二律吕八十四调图

	调名	俗名	谱字
黄钟宫 Ａ同用幺	黄钟宫	正黄钟宫	Ａ本律合
	黄钟商	大石调	Ｚ大簇四
	黄钟角	正黄钟宫角	一姑洗一
	黄钟变	正黄钟宫转徵	乙蕤宾勾
	黄钟徵	正黄钟宫正徵	人林钟尺
	黄钟羽	般涉调	7南吕工
	黄钟闰	大石角	八应钟凡
	按：Ａ即宋谱合字，为本律；幺即宋谱六字，为清声，故云同用。下仿此。		

续表

	调名	俗名	谱字
大吕宫 ⑦同用⑤	大吕宫	高宫	③本律下四
	大吕商	高大石角	㊀夹钟下一
	大吕角	高宫角	㇗中宫上
	大吕变	高宫变徵	𠆢林钟尺
	大吕徵	高宫正徵	⑦夷则下工
	大吕羽	高般涉调	⑩无射下凡
	大吕闰	高大石角	A黄钟合
太簇宫 コ同用𠮷	太簇宫	中管高宫	㇈本律四
	太簇商	中管高大石调	㇗姑洗一
	太簇角	中管高宫角	∠蕤宾勾
	太簇变	中管高宫变徵	⑦夷则下工
	太簇徵	中管高宫正徵	7南吕工
	太簇羽	中管高般涉调	𠆢应钟凡
	太簇闰	中管高大石角	③大吕下四
夹钟宫 ㊀同用⑤	夹钟宫	中吕宫	㊀本律下一
	夹钟商	双调	㇗中吕上
	夹钟角	中吕正角	𠆢林钟尺
	夹钟变	中吕变徵	7南吕上
	夹钟徵	中吕正徵	⑪无射下凡
	夹钟羽	中吕调	A黄钟合
	夹钟闰	双角	㇈太簇四

续表

调名		俗名	谱字
姑洗宫 一	姑洗宫	中管中吕宫	一本律一
	姑洗商	中管双调	ㄥ蕤宾勾
	姑洗角	中管中吕角	⑦夷则下工
	姑洗变	中管中吕变徵	⑪无射下凡
	姑洗徵	中管中吕正徵	ЛI应徵凡
	姑洗羽	中管中吕调	ㄑ太簇四
	姑洗闰	中管双角	㊀夹钟下一
中吕宫 ㄩ	中吕宫	道宫	ㄩ本律上
	中吕商	小石调	人林钟尺
	中吕角	道宫角	7南宫工
	中吕变	道宫变徵	ЛI应钟凡
	中吕徵	道宫正徵	A黄钟合
	中吕羽	正平调	ㄑ太簇四
	中吕闰	小石角	一姑洗一
蕤宾宫 ㄥ	蕤宾宫	中管道宫	ㄥ本律勾
	蕤宾商	中管小石调	⑦夷则下工
	蕤宾角	中管道宫角	⑪无射下凡
	蕤宾变	中管道变徵	A黄钟合
	蕤宾徵	中管道宫正徵	㋃大吕下四
	蕤宾羽	中管正平调	㊀夹钟下一
	蕤宾闰	中管小石角	ㄩ中吕上

续表

调名		俗名	谱字
林钟宫 ∧	林钟宫	南吕宫	∧本律尺
	林钟商	歇指调	７南吕工
	林钟角	南吕角	Ⅱ应钟凡
	林钟变	南吕变徵	③大吕下四
	林钟徵	南吕正徵	ㄥ太簇四
	林钟羽	高平调	一姑洗一
	林钟闰	歇指角	∠蕤宾勾
夷则宫 ⑦	夷则宫	仙吕宫	⑦本律下工
	夷则商	商调	⑪无射下凡
	夷则角	仙吕角	A黄钟合
	夷则变	仙吕变徵	ㄥ太簇四
	夷则徵	仙吕正徵	㊀夹钟下一
	夷则羽	仙吕调	㇉中吕上
	夷则闰	商角	∧林钟尺
南吕宫 ７	南吕宫	中管仙吕宫	７本律工
	南吕商	中管商调	Ⅱ应钟凡
	南吕角	中管仙吕角	③大吕下四
	南吕变	中管仙吕变徵	㊀夹钟下一
	南吕徵	中管仙吕正徵	一姑洗一
	南吕羽	中管仙吕调	∠蕤宾勾
	南宫闰	中管商角	⑦夷则下工

续表

	调名	俗名	谱字
无射宫 ⑪	无射宫	黄钟角	⑪本律下凡
	无射商	越调	A黄钟合
	无射角	黄钟角	ㄟ太簇四
	无射变	黄钟变徵	一姑洗一
	无射徵	黄钟正徵	勹中吕上
	无射羽	羽调	ㄥ林钟尺
	无射闰	越角	7南吕工
应钟宫 Ⅱ	应钟宫	中管黄钟宫	Ⅱ本律凡
	应钟商	中管越调	⑦大吕下四
	应钟角	中管黄钟角	⊖夹钟下一
	应钟变	中管黄钟变徵	勹中吕上
	应钟徵	中管黄钟正徵	ㄥ蕤宾勾
	应钟羽	中管羽调	⑦夷则下工
	应钟闰	中管越角	⑪无射下凡

上取律寸、律数，用字纪声，而七声高下之用，宫调杀声之别，并在其中。以蔡元定《燕乐新书》考之，悉合。但沈括《补笔谈》所云中吕商，今为双调；南吕羽，今为般涉调者，王灼《碧鸡漫志》乃云："夹钟商，俗呼双调。黄钟羽，俗呼般涉调。"复与沈说互异，自来论乐者惑之。凌廷堪本《宋乐志》及

《词源》，撰《燕乐表》，颇发其微，而未详其目，览者仍不能明。因于图中所纪字谱管色下，以细书条注某律某字，凡八十四调，始于黄钟，终于无射，自无射再间应钟一律，又为黄钟，其理不越旋宫之法，此字谱配律之精义，验之声度，稽之陈编，确然不易。而王、沈诸说，本无异义，学者于此，亦得一以贯之，事逸而功倍。将举世所大惑，视为神奇莫测者，不烦言而解矣。

古人用"合""四""一""工""凡""上""勾""尺""六""五"十六字，以配十二律、四清声。而今人度曲，有"仩""伬"二字，而无"勾"字。盖古人"四""乙""凡""工"四字，有高下二声，"五"字有上、下、紧三声，独"上""尺"两字无有高下。今人度曲，"上""尺"两字，却有高下二声，而绝无"勾"字。夫"勾"为蕤宾清，次仲吕者也，"上"字为仲吕，"仩"字今之高上字，清次上者也，则今之"仩"字，即勾字也。今之"伬"字今之高尺字，在林钟、夷则之间，亦古所无也。然则今人度曲，虽不知有"勾"字之名，而未尝无"勾"字之实矣。

郑世子云："今民间笛六孔全闭，低吹为尺，即下徵也。徵下于宫，故曰下徵，即林钟倍律声也。按：即今之五字调。从尾放开一孔，低吹为工，即下羽也。羽下于宫，故曰下羽，即南吕倍律声也。即今之六字调。放开二孔，低吹为凡，即应钟倍律声也。即今之凡字调。放开三孔，低吹为合，即黄钟正律声。即今之小工调。放开四孔，低吹为四，即太簇正律声。即今之尺字调。放开五孔，低吹为乙，即姑洗正律声。即今之上字调。六孔全开，低吹为勾，即蕤宾正律声。即今之乙字调。此黄钟之均七声也。其林钟、南吕、应钟，正律之声。及黄钟、太簇、姑洗，半律之声，开闭同前，但高吹耳。"按：今俗乐，乙字调六孔全开，低吹为上，而高吹为仩。而世子云低吹为勾，高吹为半律之声，则仩字即勾字无疑矣。

宫调皆系乎杀声。杀声不能尽归本律，而后有犯。试分列于下：

宫犯商	商犯羽	羽犯角	角归本宫
黄钟宫	无射商	夹钟羽	无射闰
大吕宫	应钟商	姑洗羽	应钟闰
太簇宫	黄钟商	中吕羽	黄钟闰
夹钟宫	大吕商	蕤宾羽	大吕闰
姑洗宫	太簇商	林钟羽	太簇闰
中吕宫	夹钟商	夷则羽	夹钟闰
蕤宾宫	姑洗商	南吕羽	姑洗闰
林钟宫	中吕商	无射羽	中吕闰
夷则宫	蕤宾商	应钟羽	蕤宾闰
南吕宫	林钟商	黄钟羽	林钟闰
无射宫	夷则商	大吕羽	夷则闰
应钟宫	南吕商	太簇羽	南宫闰

以宫犯宫为正犯，以宫犯商为侧犯，以宫犯羽为偏犯，以宫犯角为旁犯，以角犯宫为归宫，周而复始。

姜白石云："凡曲言犯者，谓以宫犯商、商犯宫之类。如道调宫上字住，双调亦上字住。所住字同，故道调曲中犯双调，或于[1]双调曲中犯道调，其他准此。唐人乐书云：'犯有正、旁、偏、侧。宫犯宫为正宫，犯商为旁宫，犯角为偏宫，犯羽为侧宫。'此说非也。十二宫所住之字不同，不容相犯，十二宫特可犯商、角、羽耳。"案：此言犯调之义甚详。白石所谓道调、双调两曲可相犯者，双调为夹钟之商，道调为中吕之宫，夹钟用一上尺工下凡合四六五一五，中吕用上尺工凡合四一六五，而皆住声于上字，所不同者惟凡与下凡耳，故可相犯。《梦溪笔谈》谓每律名用各别外则为犯，其所记诸调用声，可云赅备。今学者但依前谱所注十二宫，每宫中所用之字谱，凡黄、大、太、夹四律加四清声，综而计之，即与沈说相合。明其住字，审其用声，而诸宫调之可犯不可犯者，亦了如指掌矣。

---

[1] 于　底本脱，据《白石道人歌曲》（P.63）补。

第五章
协律

词必协律,而后可以付乐工。南宋时修内司所刊《乐府混成集》,巨帙百余,周草窗《齐东野语》谓其于古今歌词宫调,靡不备具,当时填词家奉为圭臬。故所作之词,播诸管弦,咸能协律。元明以来,《混成集》失传,作者仅稽旧谱,按字填缀,而于宫商之理,不复探赜索隐,于是词之体渐卑,词之学渐废,而词之律,则更鲜有言之者。七百年古调元音,直欲与高筑嵇琴,同成绝响,宁不大可惜耶!

自汉唐至宋,郊祀大乐,率先为词章,而后协以律。协律之法,宋《行在谱》谓:视每章首尾二字,章首一字是某调,章尾即以某调终之。如《关雎》"关"字,合作无射调,结尾亦作无射声应之。《葛覃》"葛"字,合作黄钟调,结尾亦作黄钟声应之。如"七月流火"三章皆"七"字起,"七"字则是清声调,亦以清声结之。案:此北宋大乐配字之法也,然实未尽善。姜夔进《大乐议》,言七音之协四声,各有自然之理,今以平入配重浊,以上去配轻清,奏之多不谐协。正指旧谱专以清浊配字之失也。至于词曲,若依此法,则更疏矣。然则其法当如何，始能谐协？曰：当先定其宫调。当用何管色，当用何字杀，而归重于起韵两结。其中之清浊高下，若转圜然，有一定之理，而无一定之音也。如专以平入配重浊，上去配轻清，则声律之理，亦浅甚矣。

词莫甚于宋，上自帝王朝廷，下及士庶闾巷，莫不各制新腔，争相酬和。虽理学如朱子、真西山，德业如范文正、司马温公，皆不免染指焉。《宋史·乐志》言太宗洞晓音律，亲制大曲十八、小曲二百七十，备载其名。又言民间作新声者甚众，盖不待周邦彦提举大晟府，而后广为体制也。其时知音者或先制腔，而后实之以词。如杨元素先自制腔，而张子野、东坡先生填词实之，名《劝金船》；范石湖制腔，而姜尧章填词实之，名《玉梅令》之类是也。或先率意为长短句，然后协之以律，定其宫调，命之以名，如姜尧章《长亭怨》词自序所云是也。又有所谓犯调者，或采本宫诸曲，合成新调，而声不相犯，则不名曰犯，如曹勋《八音谐》之类是也。或采各宫之曲，合成一调，而宫商相犯，则名之曰犯，如姜夔《凄凉犯》、仇远《八犯玉交枝》之类是也。或采他人两曲，合成一调，而宫调遂异，如白石《暗香》《疏影》两曲，本仙吕宫，张肯采《暗香》前段、《疏影》后段，合成《暗香疏影》一调，遂属夹钟宫，非复仙吕宫矣，此又一类也。

腔生于律，律不调者，其腔不能工。故必熟于音理，然后能制腔。制腔之法，必吹竹以定之，或管，或笛，或箫，皆可

（金石丝革，无不可制腔造谱者，此独以竹言，取其声易调不走作也。故古人和弦，亦必取定于管色）。惟吾意而吹焉。即以笔识其工尺于纸，然后酌其句读，划定板眼（声之雅俗，在板之疏密。宋人诗余赠板甚少，故其声犹有雅淡之意），而复吹之，听其腔调不美，音律不调之处，再三增改，务必使其抗坠抑扬，圆美如贯珠而后已。再看其起韵之处，与前后两结，是何字眼，而知其为某宫某调也。假如是"六"字起调，"六"为黄钟清，而第一拍转至起韵，用高五字为太簇，黄钟均以太簇为商，则此曲属太簇清商也，在燕乐名为大石调，余仿此。若两结不用高五字住，则为出调，凌犯他宫，非复大石调矣。至于犯调，宫商虽犯而律字相同，实有以类相从，声应气求之义，不可以凌犯例之。此古人制犯调之精意也。盖宫调之理，譬诸围棋然。止此五音六律八十四声，而腔调之出无穷，亦如黑白二子三百六十一著，而终古无人同局。但腔之美者，如国手之棋，可以为谱焉耳；不知音律而欲自度新腔，则如童子戏弈，以黑白子尽为局终，不识动静、阴阳、生死、方圆为何物矣。新腔既定，命名以识之，而后实之以词；即不实之以词，亦可被诸管弦，但不能歌耳。《混成集》所称有谱无词者居半，正指此等而言。先儒谓《南陔》《白华》《华黍》《由庚》《崇丘》《由仪》六诗，有声无词，即此义也。

新腔虽无词句可遵，第照其板眼填之，声之悠扬相应处，即用韵之处也。故宋人用韵少之词，谓之急曲子；用韵多者，谓之慢曲子，义盖如此。此皆非所难，难在审其起韵两结工尺之高低清浊，而以韵配之，使歌者便于融入某律某调耳。然腔调虽至多，韵脚亦至夥，而止以清浊阴阳高下配之，且所重止在起韵两结，而其他不论，故其法又简易而不烦。古之知音者，即酒边席上，任意挥毫，莫不可谐诸律吕，盖识此理也。至于旧腔，第照前人词句填之，有宫调可考者，稍致谨于煞尾两字，即无不合律矣。此填腔之法也。

杨守斋曰：作词有五要。第一要择腔。腔不韵则勿作，如《塞翁吟》之衰飒，《帝台春》之不顺，《隔浦莲》之寄煞，《斗百花》之无味是也。按：不韵，谓不美也。

第二要择律。律不应月[1]，则不美。如十一月调[2]须用正宫，元宵词必用仙吕宫为宜也。按：九宫各谱，正月配以仙吕，盖本诸此，而不知实误也。正宫乃黄钟变宫声，故十一月用之。仙吕宫乃夷则之宫声，当用之七月，元宵胡为用之乎。以意[3]断之，仙吕乃南吕之讹也。何则？正月律当用太簇（即高宫）。太簇之均，以南吕为徵，徵为火，元宵灯火之事，故宜用南吕。古人用律之精如此。然所云南吕者，不专指一调而言，如揭指调即南吕商、越调即南吕角、般涉调即南吕羽皆可用也，如十一月，越调即黄钟商、中吕调即黄钟羽、高大石角即黄钟角，皆可用也。

---

[1] 月　底本脱，据《词话丛编·词源》（P.268）附录"杨守斋作词五要"补。
[2] 调　底本脱，据《词话丛编·词源》（P.268）附录"杨守斋作词五要"补。
[3] 意　《香研居词麈》（P.37）作"愚"。

不然，一岁之事，只消十二调便足，其余曲俱属无用，有是理乎？"宫"字衍文，盖南吕宫即林钟宫，当于六月用之也。"正宫"一本作"黄钟"，最是。言黄钟则正宫大食角诸调皆见，言正官则不见也。

第三要句韵[1]按谱。自古作词，能依句者少。依谱用字者，百无一二。词若歌韵不叶，奚取哉！或谓善歌者，能融化其字，则无疵。殊不知制作转折，用或不当则失律，正、旁、偏、侧，凌犯他宫，非复本调矣。按：宋人多先制腔而后填词，观其工尺当用何字协律，方始填入，故谓之填词。及其调盛传，作者不过照前人词句填之，故云依句者少，依谱用字者，百无一二也。转折乃节奏所关，故下字不当则失律。凌犯他宫，起韵、过变、两结，尤为吃紧。

第四要催律押韵。如越调《水龙吟》、商调《二郎神》皆用平入声韵。古调俱押去声，所以转折乖异。按："催"字讹，当作"推律"，乃相传剞劂之误。推求此调属某律某音，然后叶某韵填之，方始合律，即段安节五音二十八调所说是也。《水龙吟》越调即黄钟商，《二郎神》商调即无射商。若去声韵，当叶宫声之调，非商调所宜矣。然宋词往往不拘，盖文士挥毫，不暇推求合律故耳。

第五要立新意。按：后人填词，止知此耳。然务求尖新，

---

[1] 句韵 《词话丛编·词源》（P268）附录"杨守斋作词五要"作"填词"。

不近自然，便俗。《乐府杂录》载《别乐识五音二十八调》云：

  平声羽七调：第一运中吕调，第二运正平调，第三运高平调，第四运仙吕调，第五运黄钟调，第六运般涉调，第七运高般涉调。

  上声角七调：第一运越角调，第二运大石角调，第三运高大石角调，第四运双角调，第五运小石角调，亦名正角调，第六运歇指角调，第七运林钟角调。

  去声宫七调：第一运正宫调，第二运高宫调，第三运中吕宫，第四运道调宫，第五运南吕宫，第六运仙吕宫，第七运黄钟宫。

  入声商七调：第一运越调，第二运大石调，第三运高大石调，第四运双调，第五运小石调，第六运歇指调，第七运林钟商调。

  上平声调为徵声，商角同用，宫逐羽音。

按：运者，用也。分为四声，各用一韵，以填七调。如平声韵则用以填中吕、正平等七调，上声则用以填越角、大石角等调，非此则不协律也。上平声调为徵声者，言徵调宜用上平声韵填之，但有其声无其调，故但云为徵声而已。商角同用者，角调宜叶上声韵，商调宜叶入声韵。而上平之韵，二调亦可叶也。宫逐羽音者，宫音之调，宜叶去声韵，羽音之调，宜叶平韵，而去声之宫亦可叶平声之羽，故曰宫逐羽音也。

词有字句韵脚无丝毫异，而所注宫调有绝不相同者。盖有一曲而有十二均皆可叶，此雅乐之例也。一曲属一宫调而不必相通，此燕乐之例也。知音者按月用律，因题择腔，则亦有时以雅乐之例，旋于燕乐，故有一曲属此宫调，而又入他宫调者焉。此盖燕乐之变例，然此类亦无多也。如柳永《乐章集》中《玉楼春》词共一十三首，其"昭华夜醮逢清曙"五阕，注大石调，即太簇商也。太簇为正月律，第一、第二首言斋醮事，第三首咏上元，第四首言朝贺，皆正月事也，故用大石调。其第五首狎邪之作，而亦用此调者，所谓大石宜风流蕴藉，而不论月律也。又"剪裁用尽春工意"三首，咏杏花、海棠、柳枝，又"心娘自小能歌舞"四首赠妓，皆注林钟商，即小石调。所谓小石宜旖旎柔媚，取其声与题称，而林钟为十二月律所不计也。又"有个人人真堪羡"词，字句亦同，而注仙吕调，乃通押去声韵，即《乐府杂录》所谓平声羽七调，第四运仙吕调，去声宫七调，宫逐羽音者也。此皆字句同，而宫调不同之义也。或曰：字句韵脚皆同，何以能移入他宫调？曰：大石为太簇，当用高四字住；小石为林钟，当用尺字住；仙吕调为仲吕，当用上字住。但于起韵两结用字，择其声之高下清浊，与"四""尺""上"三字相配者用之，即协某宫某调矣，盖甚易而无难也。又有曲名同，而句法宫调异者，其理亦是如此。惟雅乐一诗十二律皆可协，其法小有不同，盖缘一字原具五音故也。

过腔，亦谓之鬲指声，见《晁无咎集》。凡解吹竹者类能为之。昔姜尧章《湘月》词，自注即《念奴娇》鬲指声，于双调中吹之。盖《念奴娇》本大石调，即太簇商，双调为仲吕商，律虽异而同是商音，故其腔可过。太簇当用"四"字，仲吕当用"上"字，今姜词欲音谐婉，不用"四"字住，而用"上"字住，箫管"四""上"字中间只鬲一孔。笛"四""上"字两孔相联，只在鬲指之间。又此两调毕曲，当用"一"字、"尺"字，亦在鬲指之间，故曰鬲指声也。

《词麈》论繁声云：黄钟《醉花阴》本五句，并换头止五十二字，起调当用黄清六。今乐家乃先用六五凡工为衬声，然后用中吕上字起调，以律推之，乃是黄钟清角，非黄钟宫也。又加衬八十余字，繁声太多，音节太密，去古益远矣。盖始作此曲者，或四言，或五言，或七言，必有衬字以赞助之，通为五十二字。后人撰词，并其衬字亦用词填实。工师不知，于定腔五十二字之外，又加衬字，至八十余，皆淫哇之声也，必删去始为近古。按："繁声"，唐宋人谓之"缠声"。《太真传》"明皇吹玉笛，迟其声以媚之"，即缠声多也。今人谱工尺，多用赠板，音方旖旎悦耳，即淫哇之谓，古靡靡之音也。善乎《稗编》之言曰："今乐与古乐同者，器也，律也。其不同者，其制词有邪正敬慢也，度曲之节，有繁简严媚浓淡也。用其所同，而去其所不同，使其词一归于正，其曲淡而不艳，其节稀而不密，则古乐岂外是哉？"白乐天诗云："正始之音其若何，朱弦疏越清庙歌。一弹一唱再三叹，曲淡节稀声不多。"盖有以识此矣。虽然，论大乐，则当去其繁声。若燕乐如今之曲子，但去其邪慢之词便足，不必尽以此例之也。

又论侧商调云：姜尧章《琴曲自序》曰："侧商之调久亡。唐人诗云'侧商调里唱伊州'，余以此语寻之，《伊州》，大石调，黄钟律法之商，乃以慢角转弦，取变宫变徵散声。此调甚流美也。盖慢角乃黄钟之正，侧商乃黄钟之侧，他言侧者皆同此。"此一段甚难解。后观姜《越相侧商调》一曲，始略悟其旨。盖大石调为应钟角、黄钟商，乃黄钟之正声，当用太簇起调毕曲。今姜此词用太簇毕曲，而用应钟起调，曲中多取应钟角为变宫变徵之声，非黄钟商之正，故曰侧商耳。侧弄、侧楚、侧蜀，皆是此义。

务头之说，解者纷纷。周德清《中原音韵》简末附《论务头》一卷，洋洋数千言，而其理愈晦，究不知于意云何。周氏之言曰："要知某调某句某字是务头，可施俊语于其上。"据此则每一调之务头，皆有一定之定格矣。顾周氏书中所列之定格四十首，则又不尽然。往往注明务头在第几句上，似乎可以随意为之。且既云某调某句是务头，可施俊语，然则凡不是务头处，皆可放笔填词，潦草塞责乎！此必不然者也。李笠翁别解务头曰："凡一曲中最易动听之处，是为务头。"此论尤难辨别。试问以笛管度词，高低抑扬，焉有不动人听者乎？则所谓"最易动听"四字，亦殊无据。然则务头二字，究为何物？曰务头者,调中平上去三音联串之处也,如七字句则第三、第四、第五之三字,不可用同一之音。大抵阳去与阴上相连,阴上与阳平相连;或阴去与阳上相连,阳上与阴平相连亦可。每一调之中,必须有三音相连之一二语,或二音(或去上,或去平,或上平,看牌名以定之)相连之一二语,此即为务头处。今即以《啸余谱》中所列定格四十首证之。

白仁甫《寄生草》云:

长醉后方何碍,不醒时有甚思。糟腌两个功名字。醅淹千古朝廷事。麹埋万丈虹蜺志。不达时皆笑屈原非,但知音尽说陶潜是。

词中用"醒""时"二字,为阴上与阳平相连;"古朝"与"屈(作上)原"四字亦然;"有甚"二字为阴上,与阳去相连;"尽说陶"三字为阳去阴上阳平相连,皆是务头也。

又白仁甫《醉中天》云:

疑是杨妃在,怎脱马嵬灾。曾与明皇捧砚来。美脸风流杀。叵奈挥毫李白,觑著娇态。洒松烟点破桃腮。

此词咏佳人黑痣,文极佳妙。"马嵬"与"明皇"四字为阴上与阳平相连;"捧砚"为阴上与阳去相连;"点破桃"三字为阴上阳去阳平相连,皆是务头也。

又宫大用《醉扶归》云:

> 十指如枯笋,和袖捧金尊。搊杀银筝字不真,揉痒天生钝。纵有相思泪痕,索把拳头搵。

词中"指如""杀银""把拳"六字皆为阳上与阴平相连;"字不真"为阳去阴上阴平相连,皆是务头也。《啸余谱》共有定格四十首,而取其第一、第二、第三三首论之,已明晰如彼矣。以下三十七首,学者可用我说求之,则无所不合也。

字音与曲调,螯然相反。四声中字音,以上声为最高,而在曲调中,则上声诸字,反处极低之处。又去声之音,读之似觉最低,不知在曲调中,则去声最易发调,最易动听。故逢去、上两字连用之处(谓一句中相连处),用去上者必佳,用上去者次之。所谓卑亢之间,最难联贯也。凡事自上而下较易,自下而上较难。自去声至上声,由上而下也;自上声至去声,由下而上也。所以去上之声,必优美于上去。总之,就曲调之高低,以律字音之卑亢。调之低者,宜用上声字;调之高者,宜用去声字。而总要一语,必须文字优美。能上声字少用,则所填诸词,无不可被管弦矣。虽然,此特为不知音者填词而发也。若词林宗匠,尽有出奇操胜之妙,局促于短辕之下,有才者反多一束缚矣。

玉田讲律至严。其《结声正讹》云：

商调是**丿|**字，结声用折而下。若声直而高，不折则成幺字，即犯越调。

案：越调本律为黄钟商，用合字，清声用六字，商调为应钟商，故不可以商犯商也。

仙吕宫是⑦字，结声用平直。若微折而下，则成⑪字，即犯黄钟宫。

案：夷则下工与无射下凡，声近易讹。虽宫可犯宫，而住字不同，犯之则落韵矣。

正平调是⁊字，结声用平直而去。若微折而下，则成┘字，即犯仙吕调。

案：正平调为太簇羽，仙吕调为中吕羽，四上相混，则是以羽犯羽，无是律也。

道宫是乙字，结声要平下。若太下而折，则带八一双声，即犯中吕宫。

案：中管道宫用勾字，勾为下尺，中吕宫用下一字，一近下一，尺近勾，故易杂入双声。

高宫是可字，结声要清高。若平下则成八字，犯大石，微高则成幺字，是正宫。

案：中管高宫为太簇宫，用四字，清声用五字，故曰要清高也。大石角为应钟闰，用凡字，正宫黄钟清声用六字，故五字声或高下，皆易混也。

南吕宫是八字，结声要平而去。若折而下，则成一字，即犯高平调。

案：南吕宫、高平调，同属林钟，虽宫可犯羽，而尺、一住字不同，即同宫亦不可偏犯。

以上数宫调，腔韵相近，若结声转入别宫调，谓之走腔。若高下不拘，乃是诸宫别调矣。

第六章 填辞

　　填词须先审题，因题择调名。次命意，次选韵，次措词。其起结须先有成局，然后下笔，最是。过变，勿断了曲意，要结上起下为妙。

　　词中句法，贵平妥精粹。一曲之中，安能句句高妙？只要衬副得去，于好发挥处，勿轻放过，自然使人读之击节。

　　句法中有字面。生硬字切勿用，必深加锻炼，字字推敲响亮，歌之妥溜，方为本色语。方回、梦窗精于炼字者，多从李长吉、温庭筠诗中取法来。故字面亦词中起眼处，不可不留意也。

　　词要清空，勿质实。清空则古雅峭拔，质实则凝涩晦昧。姜白石如野云孤飞，去留无迹；吴梦窗如七宝楼台，眩人眼目，拆碎下来，不成片段。此为清空质实之说。

　　词中用事，要融化不涩。如东坡《永遇乐》云："燕子楼空，佳人何在，空锁楼中燕。"用张建封事。白石《疏影》云："犹记深宫旧事，那人正睡里，飞近蛾绿。"用寿阳事。又云："昭君不惯胡沙远，但暗忆、江南江北。想环佩月下归来，化作此花幽独。"用少陵诗。皆用事而不为所使。

诗难咏物，词为尤难。体认稍真，则拘而不畅；摹写差远，则晦而不明，须收纵联密，用事合题。如邦卿《东风第一枝·咏雪》《双双燕·咏燕》，白石《齐天乐·赋促织》，全章精粹，了然在目，而不留滞于物者也。

词之难于小令，如诗之难于绝句。盖十数句间，要无闲句字，要有闲意趣，末又要有有余不尽之意。

语句太宽，则容易；太工，则苦涩。故对偶处，却须极工，字眼不得轻泛。正如诗眼一例，若八字既工，下句便须少宽，约莫太宽，又须工致，方为精粹。

词忌堆积，堆积近缛，缛则伤意；词忌雕琢，雕琢近涩，涩则伤气。

遇事命意，意忌庸，忌陋，忌袭。立意命句，句忌庸，忌涩，忌晦。意卓矣，而束之以音。屈音以就意，而意能自达者鲜。句奇矣，而摄之以调。屈句以就调，而句能自振者鲜。此词之所以难也。

词之最丑者为酸腐，为怪诞，为粗莽。以险丽为贵矣，又须泯其镂刻痕乃佳。

凡词中两结，最为紧要。前结如奔马收缰，尚存后面地步，有住而不住之势。后结如泉流归海，回环通首源流，有尽而不尽之意方妙。

一调中通首皆拗者，遇顺句必须精警；通首皆顺者，遇拗句必须纯熟。此为句法之要。又《频伽词话》云："有拗调拗句，须浑然脱口，若不可不用此平仄声者，方为作手。如未能极工，无难取成语之合者以副之，斯不觉其聱牙耳。"

词有叠字，三字者易，两字者难，要安顿生动；词有对句，四字者易，七字者难，要流转圆惬。

词之章法，不外相靡相荡，如奇正、实空、抑扬、开合、工易、宽紧之类，是也。

词之承接转换，大抵不外纡徐斗健，交相为用。所贵融会章法，按脉理节拍而出之。

空中荡漾，是词家妙诀。上意本可接入下意，却偏不入，而于其间传神写照，乃愈使下意栩栩欲动。

词之为物，色香味宜无所不具。以色论，有真色，有借色。借色每为俗情所艳，必先将借色洗尽，而后真色乃见也。

词澹语要有味，壮语要有韵，秀语要有骨。

词深于兴，则觉事异而情同，事浅而情深。故没要紧语，正是极要紧语；乱道语，正是极不乱道语。

词中用事，贵无事障。晦也，肤也，多也，板也，此类皆障也。僻事熟用，熟事虚用，学有余而约以用之，善用事者也。乍叙事而间以理言，得活法者也。

词要清空妥溜固然。惟须妥溜中有奇创，清空中有沉厚，才见本领。描头画角，是词之低品。盖词有全体，宜无失其全；词有内蕴，宜无失其蕴。

词与诗不同。词之句语，有二字、三字、四字，至六字、七、八字者，若堆垛实字，读且不通，况付之雪儿乎！合用虚字呼唤，单字如"正""但""甚""任"之类，两字如"莫是""还又""那堪"之类，三字如"更能消""最无端""又却是"之类。此等虚字，却要用之得其所，若能尽用虚字，句语自活，必不质实。

大词之料，可以敛为小词；小词之料，不可展为大词。良以一句之意，引而为两三句，或引他意入来，捏合成章，必踌驳互见，定无一唱三叹之理。

词要放得开，最忌步步相逢；又要收得回，最忌行行愈远，必如天上人间，去来无迹，方妙。

中调、长调转换处，不欲全脱，不欲明粘，如画家开合之法，须一气而成，则神味自足。

词中对句，正是难处，切莫认作衬句。至五言对句、七言对句，使观者不作对句，方佳。

小调要言短意长，忌尖弱；中调要骨肉停匀，忌平板；长调要操纵自如，忌粗率，能于豪爽中着一二精致语，绵婉中着一二激厉语，尤见错综之妙。

词要不亢不卑，不触不悖，蓦然而来，悠然而逝。立意贵新，设色贵雅，构局贵变，言情贵含蓄。如骄马弄衔而欲行，粲女窥帘而未出，则得之矣。白描不可近俗，修饰不可太文，生香活色，当在即离之间。

僻词作者少，宜浑脱乃近自然；常调作者多，宜生新斯能振动。

词以空灵为主，而不入于粗豪；以婉约为宗，而不流于柔曼。意旨绵邈，音节和谐，乐府之正轨也。不善学之，则循其声调，袭其皮毛。笔不能转，则意浅，浅则薄；不能炼，则意卑，卑则靡。

词虽小道，第一要辨雅俗。结构天成，而中有艳语、隽语、豪语、苦语、痴语、没要紧语，如巧匠运斤，毫无痕迹，方为妙手。古词中，如"秦娥梦断秦楼月""小楼吹彻玉笙寒""香老春芜，偿尽迷楼花债"，艳语也。"对桐阴、满庭清昼""任老却芦花，秋风不管""只有梦来去，不怕江阑住"，隽语也。"试问琵琶，烟沙外、怎生风色""河星潋滟晴云热""月轮桂老，捣破珠胎""柳锁莺魂"，奇语也。"卷起千堆雪""任天河水泻，流干银汁""易水潇潇风冷[1]，满座衣冠如雪"，豪语也。"泪花落枕红棉冷""黄昏却下潇湘雨""杨柳梢头，能有春多少""断送一生憔悴，能销几个黄昏"，苦语也。"牡丹[2]开后，望到如今""惟有楼前流水，应念我、终日凝眸""蟋蟀哥哥，倘后夜、暗风凄雨，再休来、小窗悲诉"，痴语也。"这次第，怎生一个愁字了得""怕无人、料理黄花，等闲过了""一寸相思千万结，人间没个安排处"，没要紧语也。此类甚多，略拈出一二。至

---

[1] 易水潇潇风冷 《全宋词》（P.1914）作"易水萧萧西风冷"。
[2] 牡丹 《全宋词》（P.3539）作"海棠"。

如"密约佳期""把灯扑灭""巫山云雨""好梦惊散"等句,字面恶俗,不惟不佳,亦君子所不屑道也。

词有点染。耆卿《雨淋铃》云:"多情自古伤离别,更那堪冷落清秋节。今宵酒醒何处,杨柳岸、晓风残月。"上二句点出离别,"冷落""今宵"二句乃就上二句染之。点染之间,不得有他语相隔,隔则警句亦成死灰矣。

词以炼章法为稳,炼字句为秀。秀而不稳,犹百琲明珠,而无一线穿也。

词之妙,莫妙于以不言言之。非不言也,寄言也。如寄深于浅,寄厚于轻,寄劲于婉,寄直于曲,寄实于虚,寄正于余,皆是。

司空表圣云:"梅止于酸,盐止于咸,而美在酸咸之外。"严沧浪云:"妙处透彻玲珑,不可凑泊,如水中之月、镜中之象。"此皆论诗也,词亦以得此境为超诣。

凡词起句,须见所咏之意,不可泛入闲事,方入主意。咏物尤不可泛。

词过处多是自叙,若才高者,方能发起别意,然不可太野,走了元意。

咏物须时时[1]提调,觉不分晓,须用一两件事印证方可。如清真咏梨花《水龙吟》第三、第四句,须用"樊川""灵关"

---

[1] 时 底本脱,据《词话丛编·乐府指迷》(P.279)补。

事，又"深闭门"及"一枝带雨"事。觉后段太宽，又用"玉容"事，方表得梨花。若全篇只说花之白，则是凡白花皆可用，如何见得是梨花？

要求字面，当看温飞卿、李长吉、李商隐及唐人诸家诗句中字面好而不俗者，采摘用之。他如《花间集》小词，亦多好句。

炼句下语，最是紧要。如说桃，不可直说破桃，须用"红雨""刘郎"等字。如咏柳，不可直说破柳，须用"章台""灞岸"等字。又用事，如曰"银钩空满"，便是书字了，不必更说书字；"玉筋双垂"，便是泪了，不必更说泪。如"绿云缭绕"，隐然髻发；"困便湘竹"，分明是簟。正不必分晓，如教初学小儿，说破这是甚物事，方见妙处。

遇两句可作对，便须对。短句须剪裁齐整，遇长句须放任婉曲，不可失硬。

押韵不必尽有出处，但不可杜撰。若只用出处押韵，却恐窒塞。

腔子多有句上合用虚字，如"嗟"字、"奈"字、"况"字、"更"字、"又"字、"料"字、"顿"[1]字、"正"字、"甚"字，用之不妨。如一词两三次用之，便不好，谓之空头字。不若径用一静字顶上道下来，句法又健，然亦不可多用。

---

[1] 顿　《词话丛编·乐府指迷》（P.281）作"想"。

寿词最难作，切宜戒寿酒、寿香、老人星、千春百岁之类，须打破旧词规模，只形容其人事业，才能隐然有祝颂之意。

词中用事，使人姓名，须委曲得不用出最好。清真词多用两人名对仗，可不必学他。如《宴清都》云"庾信愁多，江淹恨极"，《西平乐》云"东陵晦迹，彭泽归来"，《大酺》云"兰成憔悴，卫玠清羸"，《过秦楼》云"才减江淹，情伤荀倩"之类是也。

词宜雅矣，而尤贵得趣。雅而不趣，是古乐府。趣而不雅，是南北曲。李唐、五代多雅趣并擅之作。

雅如美人之貌，趣是美人之态。有貌无态，如皋不笑，终觉寡情。有态无貌，东施效颦，亦将却步。

词句欲敏，字欲捷。长篇须曲折三致意，而气自流贯乃得。

小调不学《花间》，则当学欧、晏、秦、黄，总以不尽为佳。

词非自选诗乐府来，不能入妙。

词至咏古，非惟著不得宋诗腐论，并著不得晚唐人翻案法，反复流连，别有寄托。

词不在大小浅深，贵于移情。"晓风残月""大江东去"，体制虽殊，读之皆若身历其境，惝恍迷离，不能自主。文之至也。

填词结句，或以动荡见奇，或以迷离称隽。著一实语，败矣。康伯可"正是销魂时候也，撩乱花飞"，晏叔原"紫骝认得旧游踪，嘶过画桥东畔路"，秦少游"问花无语对斜晖，此恨谁知"，深得此法。

词虽以险丽为工，实不及本色语之妙。如李易安"眼波才动被人猜"，萧淑兰"去也不教知，怕人留恋伊"，魏夫人"为报归期须及早，休误妾、一春闲"，孙光宪"留不得、留得也应无益"，严次山"一春不忍上高楼，为怕见、分携处"，观此种句，觉"红杏枝头春意闹"，尚书安排一个字，费许大气力。

小词以含蓄为佳，亦有作决绝语而妙者。如韦庄"谁家年少，足风流。妾拟将身嫁与，一生休。纵被无情弃，不能羞"之类是也。牛峤"须作一生拚，尽君今日欢"，抑亦其次。柳耆卿"衣带渐宽终不悔，为伊消得人憔悴"，亦即韦意而气加婉矣。

凡写迷离之况者，止须述景。如"小窗斜日到芭蕉""半床斜月疏钟后"，不言愁而愁自见。

作险韵者以妥为贵。如史梅溪《一斛珠》用悁、蹙、叠、接等韵，语甚生新，却无一字不妥。

填词意欲层深，语欲浑成。然往往词意层深者，语便刻画；语浑成者，意便浅肤，两难兼也。永叔词"泪眼问花花不语，乱红飞过秋千去"，此方谓层深而浑成。何也？因花而有泪，此一层意也；因泪而问花，此一层意也；花竟不语，此一层意也；不但不语，且又乱落，飞过秋千，此一层意也。人愈伤心，花愈恼人；语愈浅而意愈入，又绝无刻画费力之迹，谓非层深而浑成可乎？然作者初非措意，直如化工生物，笋未出苞而节已具，非寸寸为之也。若先措意便刻画，愈深愈堕恶境矣。

长调不下于诗之歌行。长篇歌行，犹可使气，长调使气，便非本色。高手当以情致见佳。盖歌行如骏马蓦坡，可以一往称快。长调如娇女步春，旁去扶持，独行芳径，徙倚而前，一步一态，一态一变，虽有强力健足，无所用之。

　　词以自然为宗。但自然不从雕琢中来，便率易无味，如所云绚烂之极，乃造平淡耳。若使语意淡远者，稍加刻画，则镂金错绣，渐近天然，斯为绝唱矣。

　　作词必先选料。大约用古人之事，则取其新僻，而去其陈因；用古人之语，则取其清隽，而去其平实；用古人之字，则取其鲜丽，而去其浅俗。

　　作词之难，难于上不似诗，下不类曲，立于二者之中。致空疏者作词，无意肖曲，而不觉仿佛乎曲。有学问人作词，尽力避诗，而究竟不离于诗。一则苦于习久难变，一则迫于舍此实无。欲去此二弊，当究心于浅深高下之间也。

第七章 立式

近日通行之词谱，种类甚多。其详者，如万红友《词律》《钦定词谱》等。其简者，如舒白香《词谱》《填词图谱》等。然详者取体务备，收材极广，以致卷帙浩繁，立论庞杂，难为学者实习之书。简者似觉稍为有要，而于平仄处，但加圈识，刻本不无舛误。故词谱虽多，而能简当适用者殊少。今别选古词若干首，分小令、中调、长调三类，详记其字数、用韵及句中可平可仄者，兼附异名，略加解说。其同名而字数长短不同有数体者，止录后人效法稍多者一体。虽不免武断陋略，然为初学者立式，不得不如此也。

第一节 小令

昔人撰词谱，以不及六十字者为小令，六十至九十字者为中调，九十字以上者为长调，今从之。录小令格式于下。

《十六字令》，十六字，四句三韵，又名《苍梧谣》。式如下：

天韵。休可仄使圆蟾照客眠叶。人何在？桂可平影自婵娟叶。(蔡伸)

此调旧刻收周美成作，"明，月影穿窗白玉钱"一首。《词综》校正之，谓此系周晴川词。"明"字乃"眠"字之误，本一字句，"月影"以下为七字句。今蔡词亦"天"字起韵，则作三字起句者，非也。

《南歌子》，亦作《南柯子》，二十三字，五句三韵。式如下：

转盼如波眼，娉婷似柳腰韵。花可仄里暗相招叶。忆可平君肠欲断，恨春宵叶。(温庭筠)

此调句法，唯五言对句与双调同，余均异。此外，亦有用仄韵者，句法虽同，而平仄互异矣。

《渔歌子》，一名《渔父》，二十七字，五句四韵。式如下：

西塞山前白鹭飞韵。桃花流水鳜鱼肥叶。青箬笠，绿蓑衣叶。斜风细雨不须归叶。(张志和)

此调和凝词结句，用"香引芙蓉惹钓丝"，平仄不同。又玄真一首，起二句"松江蟹舍主人欢，菰饭莼羹亦共餐"，平仄全异。和凝又一首，"青箬笠"句用"钓车子"，是仄平仄，想亦不拘。然自宋以后，皆侬"西塞"一体，今作者宜从之。

《忆江南》，二十七字，五句三韵，又名《梦江南》《谢秋娘》《梦江口》《望江南》《望江梅》《春去也》，共有四体，字数不同。兹选一体如下：

> 兰烬可平落，屏可反上暗红蕉韵。闲可反梦江可反南梅熟日，夜可平船吹可反笛雨潇潇叶。人可反语驿[1]边桥叶。（皇甫松）

此调按宋王灼《碧鸡漫志》云："此曲自唐至今，皆南吕宫，字句皆同。"又，唐段安节《乐府杂录》云："此词乃李德裕为谢秋娘作，故名《谢秋娘》。因白居易词，更今名。"

《捣练子》，二十七字，五句三韵，又名《深院月》。式如下：

> 深院静，小庭空韵。断可平续寒砧断可平续风叶。无可反奈夜可平长人不寐，数可平声和月到帘栊叶。（南唐后主）

此调名《捣练子》，即咏捣练也。《词苑丛谈》云："常见一旧本，则系《鹧鸪天》词。前有半阕云：'塘水初澄似玉容。所思还在别离中。谁知九月初三夜，露似珍珠月似弓。'下接'深

---

[1] 驿　底本作"一"，据《花间集校》（P.28）改。

院静'云云。"此说颇新异，然揆前四句，语气不类，且两复"月"字，恐属未确。

《忆王孙》，三十一字，五句五韵，又名《豆叶黄》《阑干万里心》。式如下：

萋可仄萋芳可仄草忆王孙韵。柳可平外楼高空可仄断魂叶。杜可平宇声声不作平忍闻叶。欲黄昏叶。雨可平打梨花深可仄闭门叶。（李重元）

此调若添"儿"字衬，即北曲《一半儿》。但元曲亦有《忆王孙》，与此同者，当是一调异名。

《调笑令》，三十二字，六句八韵，又名《宫中调笑》《转应曲》《三台令》。式如下：

明月韵。明月叠句。照得可平离人可仄愁可仄绝叶。更可仄深影可平入空可仄床换平。不可平道帏可仄屏夜长叶平。长夜换仄。长夜叠句。梦可平到庭可仄花阴可仄下叶。（冯延巳）

此调起二字叠，后"长夜"二字，即以上句尾二字，颠倒而叠之。凡三用韵，二仄一平。

《如梦令》，三十三字，六句五韵，又名《忆仙姿》《宴桃源》《比梅》。式如下：

遥可仄夜月可平明如水韵。风可仄紧驿亭深闭叶。梦可平破鼠窥灯，霜可仄送晓寒侵被叶。无寐叶。无寐叠句。门可仄外马嘶人起叶。(秦观)

此调"无寐"叠上二字，赵长卿作第四句"目断行云凝伫"下，即用"凝伫。凝伫"，虽亦有此格，然不多，不宜从也。

《诉衷情》，三十三字，十一句九韵，又换二韵，一名《一丝风》。式如下：

莺语韵。花舞叶。春昼午叶。雨霏微换平。金带枕三换仄，宫锦叶三仄，凤凰帷叶二平。柳可平弱燕交飞叶二平。依依叶二平。辽可仄阳音信稀叶二平。梦中归叶二平。(温庭筠)

此调第二字用韵起，二、三两句连叶。"帷"字以下俱叶微韵，"枕""锦"二字换韵，间于其中。

《归自谣》，"自"一作"国"，"谣"一作"遥"，三十四字，前后两段，各三句，共六韵。式如下：

何处笛韵。深可仄夜梦可平回情脉脉叶。竹可平风帘可仄雨寒窗隔叶。　离人几可平岁无消可仄息叶。今头白叶。不可平眠特可平地重相忆叶。(欧阳修)

此调"离人"句，欧别作"香闺寂寂门半掩"，又作"芦花千里霜月白"，"半"字、"月"字，俱用仄声，不拘。

《相见欢》，三十六字，前段四句，后段五句，共五韵，又换二韵，一名《乌夜啼》《上西楼》《忆真妃》《西楼子》《月上瓜州》《秋夜月》。式如下：

无可仄言独可平上西楼韵。月如钩叶。寂可平寞梧可仄桐，深院锁清秋叶。　剪可平不可平断换仄，理可平还可仄乱叶仄，是离愁叶平。别可平是一可平般滋味在心头叶平。（南唐后主）

此调"寂寞"至"清秋"，"别是"至"心头"，皆是九字句，语气亦可于第四字略断。"断""乱"二字，是换仄韵，如昭蕴之"幕""阁"，稼轩之"转""断"，希真之"事""泪"，友古之"路""处"等俱同，各谱俱失注，是使学者落去二韵，其误甚矣。

《长相思》，三十六字，前后段各四句，共八韵，又名《双红豆》《山渐青》《忆多娇》。式如下：

汴可平水可平流韵。泗可平水可平流叶。流可仄到瓜州古可平渡头叶。吴可仄山点可平点愁叶。　思可平悠可仄悠叶。恨可平悠可仄悠叶。恨可平到归时方可仄始休叶。月可平明人可仄倚楼叶。（白居易）

此调前后段起二句俱用叠韵，或云后首句，可不叶韵。

《醉太平》，三十八字，前后段各四句，共八韵。式如下：

长可仄亭短亭韵。春风酒醒叶。无可仄端惹可平起离情叶。有黄鹂数声叶。　芙可仄蓉绣裀叶。江山画屏叶。梦可平中昨夜分明叶。悔先行一程叶。（戴复古）

此调各谱注"有""悔"二字，可用平声，误。

《昭君怨》，四十字，前段四句，二仄二平韵，后段四句，换二仄二平韵，又名《一痕沙》《宴西园》。式如下：

春可仄到南可仄楼雪可平尽韵，惊可仄动灯可仄期花可仄信叶。小可平雨一番寒换平，倚栏干叶平。　莫可平把栏可仄干频可仄倚三换仄，一可平望几可平重烟可仄水叶三仄。何可仄处是京华四换平，暮云遮叶四平。（万俟雅言）

此调《词统》等书，于第三句上添二字，名曰《添字昭君怨》，查唐宋金元未有此体，不宜取法。

《生查子》，四十字，两段四韵。式如下：

烟可仄雨晚晴天，零可仄落花无语韵。难可仄话此时情，梁可仄燕双来去叶。　琴可仄韵对薰风，有可平恨和情抚叶。

肠_{可反}断断弦频，泪_{可平}滴黄金缕叶。（魏承班）

此调平仄，作者每多参差。至五代而宋，渐加纪律，故或亦依此魏体。而前后首句第二字，用平者为多，虽间有一二拗句者，然名流则如出一轨也。

《点绛唇》，四十一字，前段四句，后段四句，共七句。式如下：

雪_{可平}霁山横，翠涛拥_{可平}起千重恨_韵。砌成愁闷叶。那_{可平}更梅花褪叶。　凤_{可平}管云笙，无_{可反}不萦方寸叶。丁宁问叶。泪痕羞揾叶。界_{可平}破香腮粉叶。（赵长卿）

上词中"翠"字用去声，妙甚；"砌"字、"泪"字亦去，俱妙。凡名作俱然，作平则不起调。近见时人有于"翠"字用平，而"砌成"句用平平仄仄，是不深于词者也。

《浣溪沙》，四十二字，两段五韵。式如下：

枕_{可平}障熏炉冷绣帏_韵。二_{可平}年终_{可反}日苦相思叶。杏_{可平}花明_{可反}月尔应知叶。天_{可反}上人_{可反}间何处去，旧_{可平}欢新_{可反}梦觉来时叶。黄_{可反}昏微_{可反}雨画帘垂叶。（张曙）

此调《词统》收匏庵一首，起二句云："晚来疏雨过柴关。

还我斜阳屋满间。"平仄全误。此等明朝先辈之作,原弄笔适兴,未尝究心,选以为世模楷,反扬其短矣。是非作者之过,而选者之过也。

《卜算子》,又名《百尺楼》,四十四字,两段四韵,式如下:

缺可平月挂疏桐,漏可平断人初定韵。时可仄见幽人独往来,缥可平缈孤鸿影叶。 惊可仄起却回头,有可平恨无人省叶。拣可平尽寒枝不肯栖,寂可平寞沙洲冷叶。(苏轼)

此调据毛氏云:"骆义乌诗用数名,人谓为卜算子,故牌名取之。"而秦词有"极目烟中百尺楼",故又名《百尺楼》也。

《丑奴儿》,四十四字,前后段各四句,共六韵,又名《罗敷媚》《罗敷艳歌》《采桑子》。式如下:

蟠可仄蛴领可平上诃梨子,绣可平带双垂韵。椒可仄户闲时叶。竞可平学摴蒱赌可仄荔枝叶。 丛可仄头鞋可仄子红编细,裙可仄窣金丝叶。无可仄事颦眉叶。春可仄思翻教阿可平母疑叶。(和凝)

此词为本调正格,古来作者皆从之。

《菩萨蛮》,四十四字,前段四句,二仄二平,后段四句,亦二仄二平,共八韵,又名《子夜歌》《巫山一片云》《重叠金》。

式如下：

平可仄林漠可平漠烟如织韵。寒可仄山一可平带伤心碧叶。暝可平色入高楼换平。有可平人楼可仄上愁叶平。　玉可平阶空伫立三换仄。宿可平鸟归飞急叶三仄。何可仄处是归程四[1]换平。长可仄亭连可仄短亭叶四平。（李白）

此调两句一韵，共易四韵。"连"字或作"更"字，然此一字用平为佳，用平则此句首一字可用仄。

《好事近》，四十五字，前后段各四句，共七韵，一名《钓船笛》。式如下：

江上探春回，正可平值早可平梅时节韵。两可平行去声小可平槽双凤，按凉州初彻叶。　谢可平娘扶可仄下绣鞍来，红靴踏残雪叶。归可仄去不可平须银烛，有山可仄头明月叶。（郑獬）

此调中"红靴"句与向子諲之"尚喜知时节"，洪咨夔之"半阴晴方好"，稍有不同。然"踏残雪"用仄平仄，甚起调，名词皆然。两结用仄平平平仄，《图谱》谓可用平仄平仄仄，误。

---

[1] 四　底本作"三"，据《词律》（P.127）改。

《谒金门》，四十五字，前后段各四句，共七韵，又名《花自落》。式如下：

空相可仄忆韵。无可仄计得可平传消息叶。天可仄上嫦可仄娥人不识叶。寄可平书何处觅叶。　新可仄睡觉可平来无可仄力叶。不可平忍看可平伊书可仄迹叶。满可平院落可平花春寂寂叶。断可平肠芳草碧叶。（韦庄）

此调各家俱从此体，独孙光宪后起云："轻别离。甘抛掷。"作三字两句，叶韵同，不另录。

《忆秦娥》，四十六字，前后段各五句，共八韵，又名《秦楼月》《碧云深》《双荷叶》。式如下：

箫声可仄咽韵。秦可仄娥梦可平断秦楼月叶。秦楼月叠三字。年可仄年柳可平色，灞陵伤别叶。　乐可平游原可仄上清秋节叶。咸可仄阳古可平道音尘绝叶。音尘绝叠三字。西可仄风残可仄照，汉家陵阙叶。（李白）

此调"秦楼月""音尘绝"二句，俱叠上三字。"灞""汉"二字，必用仄字，得去声，尤妙。今人竟有于"伤"字及"陵阙"之"陵"字用仄者，大谬。沈选、王修微竟于"年年""西风"二句作仄仄平平，更奇。

《画堂春》，四十七字，前后段各四句，共七韵。式如下。

　　落可平红铺可仄径水平池韵。弄可平晴小可平雨霏霏叶。杏可平花慊可仄悴杜鹃啼叶。无可仄奈春归叶。　柳可平外画可平楼独上，凭可平栏手可平捻花枝叶。问[1]可平花无可仄语对斜晖叶。此可平恨谁知叶。（徐俯）

此调秦少游作，后起比前起少一字。

《阮郎归》，四十七字，前段四句，后段五句，共八韵，又名《醉桃源》《碧桃春》。式如下：

　　翠可平深浓可仄合晓莺堤韵。春可仄如日可平坠西叶。画可平图新可仄展远山齐叶。花可仄深十可平二梯叶。　风絮晚，醉魂迷叶。隔可平城闻可仄马嘶叶。落可平红微可仄沁绣鸥泥叶。秋可仄千教可仄放低叶。（吴文英）

此调后起句，六一作"浅螺黛"，东坡作"雪肌冷"，俱用仄平仄。然此亦是偶尔，作者自当用平仄仄也。

《桃源忆故人》，四十八字，前后段各四句，共八韵，又名《虞美人影》。式如下：

---

[1] 问 《词律》作"放"，《历代诗余》《唐宋诸贤绝妙词选》《花草粹编》等亦同。

逢可仄人借可平问春归处韵。遥可仄指芜可仄城烟树叶。滴可平尽柳可平梢残雨叶。月可平闻西南户叶。　游可仄丝不可平解留伊住叶。漫可平惹闲可仄愁无数叶。燕可平子为可平谁来去叶。似可平说江南路叶。（王之道）

此调字句叶韵，前后两段相同。"桃源"二字，汲古《放翁词》作"桃园"，误。

《柳梢青》，一名《早春怨》，四十九字，前后各五句，共六韵。式如下：

岸可平草平沙韵。吴可仄王故可平苑，柳可平袅烟斜叶。雨可平后寒轻，风可仄前香可仄细，春可仄在梨花叶。　行可仄人一可平棹天涯叶。酒醒处、残阳乱鸦叶。门可仄外秋千，墙可仄头红可仄粉，深可仄院谁家叶。（秦观）

此调首句有用仄声，不拘。

《西江月》，又名《步虚词》，五十字，前后段各四句，共六韵。式如下：

裙可仄摺绿可平罗芳可仄草，冠可仄梁白可平玉芙蓉韵。次可平公筵可仄上见山公叶。红可仄绶欲可平衔双可仄凤换仄叶。　已可平向冰可仄盘约可平月，更可平来玉可平界乘风叶平。凌

可仄波袜可平冷一樽同叶平。莫可平负彩可平舟凉可仄梦叶仄。(史达祖)

此调平仄两叶,又有前二平一仄,后又换韵。二平一仄者,山谷、梦窗皆有此体。

《惜分飞》,五十字,前段四句四韵,后段同。式如下:

钏可平阁桃腮香玉溜韵。困可平倚银床倦绣叶。双可仄燕归来后叶。相可仄思叶可平底寻红豆叶。　碧可平唾春衫还在否叶。重可仄理弓弯舞袖叶。锦可平藉芙蓉绉叶。翠可平腰羞可仄对垂阳瘦叶。(陈允平)

此调圣求"双燕"句作"帘映春窈窕","窈窕"二字误。或"窈"字之上,尚有一平声之字,而写者误落耳。

《醉花阴》,五十二字,前段四句三韵,后段同。式如下:

薄可平雾浓可仄雾愁永昼韵。瑞可平脑喷金兽叶。佳可仄节又重阳,宝可平枕纱橱,半可平夜凉初透叶。　东可仄篱把可平酒黄昏后叶。有可平暗香盈袖叶。莫可平道不消魂,帘可仄卷西风,人可仄比黄花瘦叶。(李清照)

此调"有暗香"句以"有"字领句,与"瑞脑"句语气异,然查各家，如稼轩、东堂、逃禅等，前后皆用"瑞脑"句法。又后段起句，与前段起句平仄相反，东堂亦然。余家前后俱用"东篱"句法。

《临江仙》，五十六字，前后段各五句，共六韵。式如下：

夜可平久笙可仄箫吹彻，更可仄深星可仄斗还稀韵[1]。醉可平拈裙可仄带写新诗叶。锁可平窗风露，烛作平灺月明时叶。
水可平调悠可仄扬声美，幽可仄情彼可平此心知叶。古可平香烟可仄断彩云归叶。满可平倾蕉叶，齐唱转花枝叶。（赵长卿）

此调前后起处，六字两句相对，两结俱一四字、一五字。其别体甚多，兹不赘录。

《鹧鸪天》，一名《思佳客》，五十五字，两段六韵。式如下：

枕可平上流莺和可仄泪闻韵。新可仄啼痕可仄间旧啼痕叶。一可平春鱼可仄鸟无消息，千可仄里关山劳可仄梦魂叶。
无一语，对芳樽叶。安可仄排肠可仄断到黄昏叶。甫可平能炙可平得灯儿了，雨打梨花深闭门叶。（秦观）

此调后起用三字二句，与前起异。"和""劳""深"三字，

---

[1] 韵 底本脱，据《词律》（P.197）补。

不妨用仄，然各调中此等七字句，第五字古人多用平声，即如北曲《赏花时》、南曲《懒画眉》等调，亦有此义。又"鱼鸟"之"鸟"字，当作"雁"字。

《鹊桥仙》，五十六字，前后段各五句二韵，调名或加"令"字。式如下：

　　纤可仄云弄可平巧，飞可仄星传可仄恨，银可仄汉迢可平迢暗可平度韵[1]。金可仄风玉可平露一相逢，便胜可平却人间无可仄数叶。　　柔可仄情似可平水，佳可仄期如可仄梦，忍可平顾鹊可平桥归可仄路叶。两可平情若可平是久长时，又岂可平在朝朝暮可平暮叶。（秦观）

此调《酒边词》首句作"合弆风流"，平仄异，然不可从。

《虞美人》，五十六字，前后段各五句，各二仄二平韵。式如下：

　　丝可仄丝杨可仄柳丝丝雨韵。春可仄在冥濛处叶。楼可仄儿忒可平小不藏愁换平。几可平度和可仄云，飞可仄去觅归舟叶平。
　　天可仄怜客可平子乡关远三换仄。借可平与花消遣叶仄。海可平棠红可仄近绿栏干四换平。才可仄卷珠可仄帘，却可平又晚

---

[1] 韵　底本脱，据《词律》(P.209)补。

风寒叶平。(蒋捷)

此调两结九字，语气或可六字豆，或可四字豆。
《一斛珠》，五十七字，又名《醉落魄》，前后段各五句，共八韵。式如下：

晓可平妆初可仄过韵。沉可仄檀轻可仄注些儿个叶。向可平人微可仄露丁香颗叶。一可平曲清歌，暂可平引樱可仄桃破叶。
罗可仄袖裛可平残殷色可仄。杯可仄深旋可平被香醪涴叶。绣可平床斜可仄凭娇无那叶。烂可平嚼红茸，笑可平向檀可仄郎唾叶。(南唐后主)

上词按谱，"晓妆"作"晚妆"。
《踏莎行》，又名《柳长春》，五十八字，前段五句三字，后段同。式如下：

润可平玉笼绡，檀可仄樱倚可平扇韵。绣可平圈犹可仄带脂香浅叶。榴可仄心空可仄叠舞裙红，艾可平枝应可仄压愁鬟乱叶。　午可平梦千山，窗可仄阴一可平箭叶。香可仄瘢新可仄褪红丝腕叶。隔可平江人可仄在雨声中。晓[1]可平风荻可仄叶生

---

[1]晓 《梦窗词集校笺》(P.1542)作"晚"。

秋苑叶。（吴文英）

此调杨炎于第二句不起韵，第三句方起韵，诸家无此体。蔡伸后起云："一切见闻，不可思议。""见""可"二字仄声，此系偶用禅家成语，亦无此体，俱不可学。

第二节　中调

中调较小令更多，若一一胪举，未免太繁，今但取其最通行者，以为学者轨范。

《一剪梅》，六十字，前段六句三韵，后段同。式如下：

红可仄藕香残玉可平簟秋韵。轻可仄解罗裳，独可平上兰舟叶。云可仄中谁寄锦书来，雁可平字回时，月可平满西楼叶。
花可仄自飘零水可平自流叶。一可平种相思，两可平处闲愁叶。此可平情无计可消除，才可仄下眉头，却可平上心头叶。（李清照）

此调亦有每句叶韵者，蒋捷一首云：

一可平片春愁带可平酒浇韵。江可仄上舟摇叶。楼可仄上帘招叶。秋可仄娘容可仄与泰娘娇叶。风可仄又飘飘叶。雨可平又潇潇叶。　　何可仄日云帆卸可平浦桥叶。银可仄字筝调叶。心可仄字香烧叶。流可仄光容可仄易把人抛叶。红可仄了樱桃叶。绿可平了芭蕉叶。(蒋捷)

《蝶恋花》，六十字，前段五句四韵，后段同，又名《一箩金》《黄金缕》《鹊踏枝》《凤栖梧》《明月生南浦》《卷珠帘》《鱼水同欢》。式如下：

六可平曲可仄栏干偎碧树韵。杨可仄柳风轻，展可平尽黄金缕叶。谁可仄把钿可仄筝移玉柱叶[1]。穿可仄帘燕可平子双飞去叶。　　满可平眼游可仄丝兼落絮叶。红可仄杏开时，一可平霎清明雨叶。浓可仄睡觉可平来莺乱语叶。惊可仄残好可平梦无寻处叶。(张泌)

此调寿域首句"新月羞花影庭树"，末三字仄平仄，此系偶然，不可从。又有一首前第四句"画阁巢新燕声喜"，后第四句"冉冉光阴似流水"。又一首前第四句"衰柳摇风尚柔软"，后第四句"独倚栏干暮山远"，则全用仄平仄。或有此体，然作词但从其多者可耳。

《唐多令》，六十字，前段五句四韵，后段同，又名《南楼

---

[1] 叶　底本脱，据《词律》(P.221)补。

令》。式如下：

何可仄处是秋风韵。月可平明霜可仄露中叶。算凄凉、未可平到梧桐叶。曾可仄向垂可仄虹桥上看，有可平几可平树、水边枫叶。　　客可平路怕相逢叶。酒可平浓愁可仄更浓叶。数归期、犹可仄是初冬叶。欲可平寄相可仄思无好句，聊可仄折可平赠、雁来红叶。（陈允平）

此调前后段第三句皆七字，又一体前后皆八字，兹不赘录。
《破阵子》，六十二字，前段五句三韵，后段同，又名《十拍子》。式如下：

燕子来时新可仄社，梨可仄花落可平后清明韵。池可仄上碧可平苔三四点，叶可平底黄鹂一两声叶。日可平长飞絮轻叶。巧笑东邻女可平伴，采桑径可平里逢迎叶。疑可仄怪昨可平宵春梦好，元可仄是今朝斗草赢叶。笑可平从双脸生叶。（晏殊）

此调本唐教坊乐，一唱十拍，因以为名。
《渔家傲》，六十二字，前后段各五句五韵。式如下：

灰可仄暖香可仄融销永昼韵。蒲可仄萄架可平上春藤秀叶。

曲可平角栏可仄干群雀斗叶。清明可仄后叶。风可仄梳万可平缕亭前柳叶。　　日可平照钗可仄梁光欲溜叶。循可仄阶竹可平粉沾衣袖叶。拂可平拂面可平红新着酒叶。沉吟可仄久叶。昨可平宵正可平是来时候叶。（周邦彦）

此调《惜香》一首，后段三字句不叶韵，乃误也。用修误于"拂拂"句，用仄平平仄平平仄。天羽选徐小淑作，前后首句俱反作次句平仄，又次句反作首句平仄，大误。虽闺人所作，当恕，然以入选，作后人矜式，则不可也。

《定风波》，六十二字，前段五句，后段六句，共十一韵。式如下：

　　暖可平日闲窗映碧纱韵。小可平池春可仄水浸晴霞叶。数可平树海可平棠红欲尽换仄。争忍叶仄。玉可平闺深可仄掩过年华叶平。　　独可平凭绣可平床方寸乱三换仄。肠断叶三[1]仄。泪可平珠穿可仄破脸边花叶平。邻可仄舍女可平郎相借问四换仄。音信叶四[2]仄。教可仄人羞可仄道未还家叶平。（欧阳炯）

此调平韵一，仄韵三，是定格也。《图谱》因收叶石林词，其第一仄用"见""浅"，第二仄用"伴""断"，第三仄用

---

[1] 三　底本脱，据《词律》(P.225)补。
[2] 四　底本脱，据《词律》(P.225)补。

"暮""雨",遂注"伴""断"叶前"见""浅"之韵,是使人必于后起两句,叶前三四两句矣,误甚。

《苏幕遮》,六十二字,前段七句四韵,后段同,又名《鬓云松令》。式如下:

> 鬓云松,眉叶聚韵。一可平阕离歌,不可平为行人驻叶。檀可仄板停时君看取叶。数可平尺鲛绡,半是梨花雨叶。
> 鹭飞遥,天尺五叶[1]。凤可平阁鸾坡,看可平即飞腾去叶。今可仄夜长亭临别处叶。断可平梗飞云,尽是伤情绪叶。(周邦彦)

此调结句,不惟定格如此,而声响亦不得不如此。《图谱》于前结注云可用"平平平仄仄"者,误。

《殢人娇》,六十四字,前后段同,各六句,共八韵。式如下:

> 云可仄做屏风,花可仄为行可仄幛韵。屏可仄幛可平里可平、见春模样叶。小可平晴未可平了,轻阴一可平饷叶。酒可平到处、恰作平如把春拈可仄上叶。　官可仄柳黄轻,河可仄堤绿可平涨叶。花可仄多可仄处可平、少停兰桨叶。雪可平边花可仄际,平芜叠可平嶂叶。这可平一段、凄可仄凉为谁怅可平望叶。

---

[1] 叶　底本脱,据《词律》(P.227)补。

（毛滂）

上词案《历代诗余选》，起句"云"字作"雪"字。

《解佩令》，六十六字，前后段各六句，共十韵。式如下：

人可仄行花可仄坞韵。衣沾香可仄雾叶。有新词可仄、逢春分付叶。屡可平欲传情，奈可平燕子可平、不可平曾飞去叶。倚珠帘、咏郎秀可平句叶。　相可仄思一可平度叶。浓愁一可平度叶。最难忘可仄、遮灯私语叶。淡可平月梨花，借可平梦来可仄、花可仄边廊庑叶。指春衫、泪曾溅可平处叶。（史达祖）

《千秋岁》，七十一字，前后段各八句，共十韵。式如下：

楝可平花飘可仄砌韵。蕨可平蕨清香细叶。梅可仄雨过，苹风起叶。情可仄随湘水远，梦可平绕吴峰翠叶。琴书可仄倦，鹧可平鸪唤可平起南窗睡叶。　密可平意无人寄叶。幽可仄恨凭谁洗叶。修可仄竹畔，疏帘里叶。歌可仄余尘拂扇，舞可平罢风掀袂叶。人散可平后，一可平钩淡月天如水叶。（谢逸）

《离亭燕》，七十二字，前段六句四韵，后段同。式如下：

一可平带江可仄山如画叶韵。风物向秋潇洒叶。水可平浸碧可平天何处断。霁色冷可平光相射叶。蓼屿荻花洲，掩可平映竹可平篱茅舍叶。　云可仄际客可平帆高挂叶。烟可仄外酒帘低亚叶。多可仄少六可平朝兴废事，尽入渔可仄樵闲话叶。怅望倚层楼，寒可仄日无可仄言西下叶。（张昇）

《风入松》，七十四字，前后段各六句四韵。式如下：

禁烟过后落花天韵。无奈轻寒叶。东风不管春归去，共可平残红可仄、飞可仄上秋千叶。看尽天涯芳草，春愁堆在栏干叶。　楚江横断夕阳边叶。无限青烟叶，旧时云去今何处，山可仄无数可平、柳可平涨平川叶。与问风前回雁，甚时吹过江南叶。（周紫芝）

此调前后相同，不应互异。各谱所收伯可一首，第四句，前云"与谁同捻花枝"，六字；后云"叹楼前流水难西"，七字，必无此体，断是前段少一字也。

《御街行》，七十六字，前后段各七句，共八韵。式如下：

燔可仄柴烟可仄断星河曙韵。宝可平辇回天步叶。端可仄门羽可平卫簇雕阑，六可平乐舜可平韶先举叶。鹤可平书飞可仄下，鸡可仄竿高可仄耸，恩露均寰寓叶。　赤可平霜袍可仄烂飘香雾叶。喜可平色成春煦叶。九可仄仪三可仄事仰天颜，八可平彩旋可平生眉宇叶。椿可仄龄无可仄尽，萝可仄图有可平庆，常作乾坤主叶。（柳永）

《祝英台近》，七十七字，前后段各八句，共八韵，一名《月底修箫谱》。式如下：

宝钗分，桃叶渡，烟可仄柳暗南浦韵。怕可平上层楼，十可平日九风雨叶。断可平肠可仄点可平点飞红，都可仄无人可仄管，倩谁唤、流可仄莺声住叶。　鬓边觑叶。试可平把可平花可仄卜归期，才可仄簪又重数叶。罗可仄帐灯昏，哽可平咽可平梦中语叶。是可平他可仄春可仄带愁来，春可仄归何可仄处，却不解带可平将愁去叶。（辛弃疾）

《金人捧玉盘》，又名《西平曲》《上西平》，七十九字，前段七句，后段九句，共八韵。式如下：

爱春归，忧春可仄去，为春忙韵。旋点可平检可平、雨可平障云妨叶。遮可仄红护可平绿，翠可平帏罗可仄幕任高张叶。海可平棠明可仄月，杏花天可仄、更可平惜浓芳叶。　唤莺吟，招蝶作平拍，迎柳舞，倩桃妆叶[1]。尽呼可仄起可平、万可平籁笙簧叶。一可平觞一可平咏，尽可平教陶可平写绣心肠叶。笑可平他人可仄世，谩嬉游可仄、拥可平翠偎香叶。（程垓）

此调因有别名，故各书多复收之，而《图谱》乃收至三体，既收《金人捧露盘》与《上西平》，又收一元人词《上南平》调。盖《啸余》于两结，原读作一七字、一四字，故《图谱》亦以"杏花天"三字属上句。而《啸余》所收之词于"天"字用仄，《图谱》所收之词于"天"字用平，且偶与通篇之韵合，故以为另一体而列之矣。

《新荷叶》，八十二字，前后段各八句，共九韵。式如下：

欲可平暑还凉，如可仄春有可平意重归韵。春可仄若归来，任他莺可仄老花飞叶。轻可仄雷澹可平雨，似可平晚可平风可仄、欺可仄得单衣叶。檐可仄声惊可仄醉，起可平来新可仄绿成围叶。

回可仄首分携叶。光可仄风冉可平冉菲菲叶。曾可仄几何时，故山疑可仄梦还非叶。鸣可仄琴再可平抚，将可平清可仄恨可平、都可仄入金徽叶。永可平怀桥可仄下，系可平船溪可仄柳依依叶。（赵彦端）

---

[1] 叶　底本脱，据《词律》（P.271）补。

第七章 立式

此调后段起句叶韵，然亦有不叶者，可不拘也。

《蓦山溪》，一名《上阳春》，前后段各九句三韵，亦有每段第七八句共叶韵者。式如下：

一可平番小可平雨，陡可平觉添秋色韵。桐可仄叶下银床，又可平送可仄个可平、凄凉消可仄息叶。故可平乡何可仄处，搔可仄首对西风，衣可仄线可平断可平，带可平围可仄宽可仄，衰可仄鬓添新白叶。　钱可仄塘江可仄上，冠可仄盖如云积叶。骑可仄马傍朱门，谁可仄肯可平念可平、尘埃墨可平客叶。佳可仄人信可平杳，日可平暮碧云深，楼可仄独可平倚可平，镜可平频可仄看可仄，此可平意无人识叶。（张元幹）

《洞仙歌》，或加"令"字，又名《羽仙歌》，八十三字，前段六句，后段七句，共六韵。式如下：

冰可仄肌玉可平骨，自清凉无汗韵。水可平殿风来暗香满叶。绣帘开、一点明可仄月窥人，人未寝，欹可仄枕钗横鬓可平乱叶。　起可平来携素手，庭可仄户无声，时可仄见疏星渡河汉叶。试问夜如何？夜可平已三更，金波可仄淡、玉可平绳低可仄转叶。但屈指西风几时来，又不道、流年暗中偷换叶。（苏轼）

此调句法，各家不齐。今所录者，乃常用之体。

《江城梅花引》，八十七字，前段八句，后段十句，共十一韵。式如下：

娟可仄娟霜可仄月冷侵门韵。怕黄昏叶。又黄昏叶。手捻一枝，独作平自对芳樽叶。酒可平又不可平禁花又恼，漏声远，一更更、总断魂叶。　断魂，断魂二叠字，不可平堪闻叶。被可平半温叶。香可仄半薰叶。睡也，睡也，睡不稳，谁与温存叶。惟可仄有床前、银烛照啼痕叶。一可平夜为可平花憔悴损，人瘦也，比梅花、瘦几分叶。（康与之）

此调相传前半用《江城子》，后半用《梅花引》，故合名《江城梅花引》，盖取"江城五月落梅花"句也。但前半自首至"花又恼"，确然为《江城子》，而后全不似《梅花引》，至过变以下，则并与两调俱不相合，止"惟有"至"憔悴损"十六字同耳。未知以为《梅花引》，是何故也。

第三节　长调

凡词字数多至九十余，皆谓之长调。宋人自度者颇夥，不可胜录。略选二十四式，以资模楷而已。

《意难忘》，九十二字，前段十句，后段十句，共十二韵。

式如下：

　　衣染莺黄韵。爱停可仄歌驻可平拍，劝可平酒持觞叶。低鬟蝉影动，私可仄语口脂香叶。莲露滴，竹风凉叶。拌可仄剧饮淋浪叶。夜渐深，笼可仄灯就可平月，子可平细端相叶。

　　知音见说无双叶。解移可仄宫换可平羽，未可平怕周郎叶。长颦知有恨，贪可仄耍不成妆叶。些个事，恼人肠叶。待可平说与何妨叶。又恐伊，寻可仄消问可平息，瘦可平减容光叶。（周邦彦）

此调按《历代诗余》共收九首，平仄约略相同。"莲露滴"句，"莲"作"檐"，"寻消问息"句，"问"作"听"。

《满江红》，九十三字，前段八句四韵，后段十句五韵。式如下：

　　门可仄掩垂杨，宝可平香可仄度、翠可平帘重可仄叠韵。春可仄寒可仄在，罗可仄衣初试，素肌犹怯叶。薄可平雾笼可仄花天欲暮，小可平风送可平角声初咽叶。但独可平褰、幽幌悄无言，伤初别叶。　　衣上可平雨，眉间月叶。滴可平不可可平尽，颦空切叶。羡可平栖可仄梁归燕，入帘双蝶叶。愁可仄绪多可仄于花絮乱，柔可仄肠过可平似丁香结叶。问甚可平时、重理锦

囊书，从头说叶[1]。（程垓）

此调各家词俱从此体。

《满庭芳》，九十五字，前后段各九句，共九韵，一名《锁阳台》《满庭霜》。式如下：

南可仄月惊乌，西风破可平雁，又是可平秋可仄满平湖韵。采可平莲人尽，寒色战菰蒲叶。旧可平信江南好景，一作平万可平里、轻可仄觅莼鲈叶。谁知道，吴侬未识，蜀可平客已情孤叶。　凭高增怅望，湘云尽处，都可仄是平芜叶。问故可平乡何可仄日，重可仄见吾庐叶。纵可平有荷纫芰制，终不可平似、菊可平短篱疏叶。归情远，三更雨梦，依旧绕庭梧叶。（程垓）

此词前后第七句，比他作俱多一字，不作俪语，此通用体也。后起二字不用韵，"问故乡"五字，亦与前异。

《水调歌头》，九十五字，前段九句，后段十句，共八韵。梦窗名《江南好》，白石名《花犯念奴》。式如下：

明可仄月几时有，把可平酒问青天韵。不可平知天可仄上

---

[1] 叶　底本脱，据《词律》(P.299)补。

宫可仄阙可平，今可仄夕是何年叶。我可平欲乘可仄风归可仄去，又可平恐琼楼玉作平宇，高可仄处不胜寒叶。起可平舞弄清影，何可仄似在人间叶。　转可平朱可仄阁可平，低可仄绮可平户，照无眠叶。不可平应有可平恨，何可仄事可平常可仄向别时圆叶。人可仄有悲可仄欢离可仄合，月可平有阴晴圆可仄缺，此可平事古难全叶。但可平愿人可仄长久，千可仄里共婵娟叶。（苏轼）

上词"几时有""弄清影"，用仄平仄，绝妙。"人长久"之"人"字，若亦用仄声，尤妙。后人多用平平仄，全不起调矣。"不知"至"何年"十一字，语气一贯。有于四字一顿者，有于六字一顿者，平仄亦稍有不同，但随笔致所至，不必拘定耳。

《凤凰台上忆吹箫》，九十五字，前段十句，后段九句，共九韵。式如下：

香可仄冷金猊，被可平翻红可仄浪，起可平来慵可仄自梳头韵。任宝奁尘满，日可平上帘钩叶。生可仄怕离怀别可平苦，多少可平事、欲可平说还休。新来瘦，非干病酒，不是悲秋叶。　休休叶。此二字可不叶。这回去也，千万可平遍阳关也可平。则难留叶。念武陵人远，烟可仄锁秦楼叶。惟可仄有楼前流可仄水，应念可平我、终可仄日凝眸叶。凝眸处，从今又添，一段新愁叶。（李清照）

上词"休休"二字叶韵，他家多不叶，可不拘也。

《烛影摇红》，九十六字，前段九句，后段同，共十韵。式如下：

秋可仄入灯花，夜深檐可仄影琵琶语韵。越可平娥青镜洗红埃，山可仄斗秦眉妩叶。相间金可仄茸翠亩叶。认城阴、春耕旧处叶。晚春相应，新可仄稻炊[1]香，疏烟林莽叶。
清磬风前，海沉宿可平袅芙蓉姹叶。阿可平香秋梦起娇啼，玉可平女传幽素叶。人可仄驾海可平查未渡叶。试梧桐、聊分宴俎叶。采菱别作平调，留取蓬莱，霎时云住叶。（吴文英）

此调将《忆故人》词加一段，南宋以后俱用之。"夜""海"二字须仄声，至若"翠""旧""未""宴"，尤须用仄，得去声更妙。盖此字仄，而末句用"林"字、"云"字平声，方得抑扬声响。若前用平，后反用仄，便是落腔矣。

《暗香》，九十七字，前后段各九句，共十二韵，一名《红情》。式如下：

县花谁茸韵。记满庭燕麦，朱扉斜阖韵。妙手作新，公馆青红晓云湿叶。天际疏星趁马，画帘隙、冰弦三叠叶。

---

[1] 炊　底本作"吹"，据《梦窗词集校笺》（P.1166）改。

尽换却、吴水吴烟，桃李靓春靥叶。　风急叶。送帆叶叶。正雁水夜清，卧虹平帖叶。软红路接叶。涂粉闹深早催入叶。怀暖天香宴果，花队簇、轻轩银蜡叶。便问讯、湖上柳，两堤翠匝叶。（吴文英）

上词"公馆"至"换却"，与后"涂粉"至"问讯"同。姜尧章词首句第三字是"月"字，谱俱作仄，观此"谁"字，则知可用平。"吴水"二字，姜作"竹外"，可知"竹"字可平。"送帆叶"，姜作"正寂寂"，可知第一个"寂"字作平。"卧虹"，姜作"夜雪"，可知"雪"字作平矣。

《醉蓬莱》，九十七字，前后段各十一句，共八韵。式如下：

任落可平梅铺可仄缀，雁可平齿斜桥，裙可仄腰芳草韵。闲可仄伴游丝，过晓可平园庭沼叶。厮可平近清明，雨可平晴风可仄软，称少可平年寻讨叶。碧可平缕墙头，红可仄云水可平面，柳可平堤花岛叶。　谁可仄信而今，怕愁憎酒，对可平着花枝，自疏歌笑叶。莺可仄语丁宁，问甚可平时重到叶。梦可平笔题诗，帕可平绫封可仄泪，向凤可平箫人道叶。处可平处伤怀，年可仄年远可平念，惜可平春人老叶。（吕渭老）

上词"对着"下，与前"雁齿"下俱同。"任""过""称""问""向"诸字定用仄声，且须去声方妙。历览古人作者，无不如此。盖此一句领句，必去声方唤得起下面也，此亦易明之理。

《锁窗寒》，九十九字，前段十句，后段九句，共十韵。式如下：

> 暗柳啼鸦，单衣伫立，小帘朱户韵。桐花半亩，静锁一庭愁雨叶。洒空阶、更阑未休，故人剪烛西窗语叶。似楚江暝宿，风灯零乱，少年羁旅叶。　迟暮叶。嬉游处叶。正店舍无烟，禁城百五叶。旗亭唤酒，付与高阳俦侣叶。想东园、桃李自春，小唇秀靥今在否叶。到归时、定有残英，待客携樽俎叶。（周邦彦）

此调千里和词，于"亩"字用"许"，"酒"字用"羽"，似叶而非也。"更阑未休"，"阑"字平声，"桃李自春"，"李"字上声，可通用，不可因仄声而用去声也。"未"字、"自"字则必用去耳。汲古刻《片玉词》，"更"字作"夜"，此字用仄，不妨，"自"字作"经"，则误矣。"桐花"至"窗语"，与后"旗亭"至"在否"同，而"在"字用去声。查此字他家有作平声，如前段"窗"字者。但千里和词亦用"旧"字，碧山、玉田亦用"更""雁""自"等字，故知用去声者，当从也。

《念奴娇》，一百字，又名《百字令》《百字谣》《酹江月》《大江东去》《大江西上曲》《壶中天》《无俗念》《淮甸春》《湘月》等，前段九句，后段十句，共八韵。式如下：

野可平棠花落，又可平匆可仄匆可仄过可平了，清明时节韵。划可仄地东风欺客梦，一可平枕银可仄屏寒怯叶。曲可平岸持觞，垂可仄杨系可平马，此可仄地曾经别叶。楼可仄空人去，旧游飞燕能说叶。　闻道绮陌东头，行人长可仄见，帘底纤纤月叶。旧恨春江流不尽，新可仄恨云山千叠叶。料可平得明朝，樽可仄前重可仄见，镜可平里花难折叶。也可平应惊问，近来多少华发叶。（辛弃疾）

上词为《念奴娇》正格。"清明"，"明"字平，而于湖作"一点"，张枢作"渔唱"，李彭老作"清透"，董明德作"多爱"，均用仄声。

《水龙吟》，一百二字，前后段各十一句，共九韵，又名《龙吟曲》《小楼连苑》《海天阔处》《庄椿岁》。式如下：

楚天千可仄里清秋，水可平随天可仄去秋无际韵。遥可仄岑远目，献可平愁供恨，玉可平簪螺髻叶。落可平日楼头，断可平鸿声可仄里，江可仄南游子叶。把吴可仄钩看可平了，栏可仄干拍可平遍，无人会、登临意叶。　休可仄说鲈鱼堪可仄脍叶。尽西风、季可平鹰归未叶。求可仄田问舍，怕可平应羞见，刘可仄郎才气叶。可可平惜流年，忧可仄愁风可仄雨，树可平犹如此叶。倩何人唤取、红可仄巾翠可平袖，揾英雄泪叶。（辛弃疾）

上词"遥岑"至"拍遍"，与后"求田"至"翠袖"同。篇中四字句，前后各六，但上三句俱仄，下三句一平二仄，勿误。"把吴钩"五字句，"栏干"四字句，"无人会"三字句，"登临意"三字句，此一定铁板也。

《齐天乐》，一百二字，前段十句，后段十一句，共九韵，又名《台城路》《五福降中天》《如此江山》。式如下：

  一_{可平}襟余_{可仄}恨宫魂断，年年翠阴庭树_韵。乍咽凉柯，还移暗叶，重_{可仄}把离愁深诉_叶。西窗过雨_叶。怪瑶佩流空，玉筝调柱_叶。镜暗妆残，为谁娇鬓尚如许_叶。　铜仙铅泪似洗，叹移盘去远，难贮零露_叶。病翼惊秋，枯形阅世，消_{可仄}得斜阳几_{可平}度_叶。余音更苦_叶。甚独_{可平}抱清商，顿成凄楚_叶。谩想薰风，柳丝千万缕_叶。（王沂孙）

上词"乍咽"以下至"妆残"，与后"病翼"以下至"薰风"同。"过雨""更苦"用去上声妙，万万不可用平仄，而"万缕"尤为要紧。前后结，平仄一字不可更改，后结须如五言诗一句。

《眉妩》，一百三字，前段十句，后段九句，共十一韵，又名《百宜娇》。式如下：

渐新痕悬柳，澹影[1]穿花，依约破初暝韵。便可平有团圆意，深深拜，相逢谁在香径叶。画眉未稳叶。料素娥、犹带离恨叶。最堪爱、一曲银钩小，宝帘挂秋冷叶。　千古盈亏休问叶。叹谩磨玉斧，难补金镜叶。太可平液池犹在，凄凉处、何人重赋清景叶。故山夜永叶。试待他、窥户端正叶。看云外山河，还老桂花旧影叶。（王沂孙）

上词"便有"至"离恨"，与后"太液"至"端正"同。"画眉未稳""故山夜永"，用去平去上，真名笔也。观石帚"翠尊共款""乱红万点"可见。《图谱》奈何以意窜定乎！其余"破""在""带""挂""补""赋""户"等字，俱用仄，是定格。石帚后起云："无限风流疏散。"谱因注二字叶韵起，观此篇，则知非叶也。

《一萼红》，一百八字，前段十一句，后段十句，共九韵。式如下：

步深幽韵。正云可仄黄天可仄淡，雪作平意未全休叶。鉴可平曲寒沙，茂可平林烟可仄草，俯可平仰可平今古悠悠叶。岁华可仄晚可平、飘零渐可平远，谁可仄念可平我可平、同载五湖舟叶。磴可平古松斜，厓可仄阴苔可仄老，一可平片清愁叶。

---

[1] 影　《花外集》(P.5)作"彩"。

回可仄首天涯归可仄梦，几魂飞西浦，泪可平洒东州叶。故可平国山川，故可平园心可仄眼，还可仄似可平王粲登楼叶。最负可平他可仄、秦鬟妆可仄镜，好可平江可仄山可仄、何事此时游叶。为唤狂可仄吟老可平监，共可平赋销忧叶。（周密）

此调，草窗词"最负他"三字，"负"作"怜"，可从。又按：此调王碧山五首、张玉田三首，句调皆与此同。至万氏所论尹涧民、李筤房二词，谓误落一字。查刘伯温一首，亦一百七字。如谓刘系踵前词之误，而尹、李乃同时之人，何以所少之字皆同。尹作"更忍凝眸"，李作"老是来期"，疑另有此体，非误落也。

《疏影》，一百十字，前后段各十句，共九韵，又名《绿意》。式如下。

苔枝缀玉韵。有翠禽可仄小小可平，枝上同宿叶。客里相逢，篱角黄昏，无可仄言可仄自可平倚可平修竹叶。昭君不惯胡沙远，但暗忆、江可仄南江北叶。想佩环、月可平夜归来，化作此花幽独叶。　犹记深宫旧事，那人正睡里，飞近蛾绿叶。莫似春风，不作平管盈盈，早与安排金屋叶。还教一片随波去，又却怨、玉可平龙哀曲叶。等恁时、重可仄觅幽香，已入小窗横幅叶。（姜夔）

此调姜词为祖。《图谱》收邓剡词，其平仄与姜相合，乃以前结"想佩环"二句，分作三句，一五字，两四字，而后则仍作上七下六，可谓乱点兵矣。

《沁园春》，一百十四字，前段十三句，后段十二句，共十韵。式如下：

孤可仄鹤归飞，再过辽天，换尽旧人韵。念累可平累枯可仄冢，茫可仄茫梦可平境，王可仄侯蝼可仄蚁，毕可平竟成尘叶。载可平酒园林，寻可仄花巷可仄陌，当可仄日何曾轻可仄负春叶。流年改，叹围可仄腰带可平剩，点可平鬓霜新叶。　交亲叶散可平落如云叶。又岂可平料、如今余可仄此身叶。幸眼可平明身可仄健，茶可仄甘饭可平软，非可仄惟我可平老，更可平有人贫叶。躲可平尽危机，消可仄残壮可平志，短可平艇湖中闲可仄采莼叶。吾何恨，有渔可仄翁共可平醉，溪可仄友为邻叶。（陆游）

上词一百十四字，为《沁园春》正格。"念累累"以下，与后"幸眼明"以下同，"当日"句、"短艇"句七字，"又岂料"句八字，定格也。各家有前后用八字，而过变处反用七字者，更有前八后七、前七后八者，非偶笔即误刻。盖两段相同，不宜参差，作者但从此篇为妥。

《摸鱼儿》，一百十六字，前后段各十句，共十三韵，"儿"

或作"子",又名《买陂塘》《安庆摸》。式如下:

涨西湖、半篙新雨,鞠作平尘波外风软韵。兰舟同可仄上鸳鸯浦,天可仄气嫩寒轻暖叶。帘半卷叶。度可平一缕歌云,不可平碍桃花扇叶。莺娇燕婉叶。任狂可仄客无肠,王可仄孙有可平恨,莫可平放酒杯浅叶。　垂杨岸,何可仄处红亭翠馆叶。如今游兴全懒叶。山容水可平态依然好,惟可仄有绮罗云散叶。君不见叶。歌可仄舞地、清芜满可平目成秋苑叶。斜阳又晚叶。正落可平絮飞花,将可仄春欲可平去。目可平断水天远叶。(张耒)

此调最幽咽可听,然平仄一乱,便风味全减。如"鞠尘"句、"如今"句,必要平平平仄平仄;"天气"句、"惟有"句,必要平可仄仄仄平平仄;而"何处"句,则必要平可仄仄平平仄仄。《图谱》总用混注,"帘半卷"之"半"字、"君不见"之"不"字,或有用平声者,然不如仄为佳。盖此用仄,而下"歌云"用平,正是抑扬起调处也。"燕婉""又晚"用去上,妙妙,不可用平仄。至"酒"字、"水"字,则自有此调以来,便用仄声。

《贺新郎》,一百十六字,前段十句,后段同,共十二韵,"郎"一作"凉",又名《金缕曲》《乳燕飞》《貂裘换酒》。式如下:

风可仄雨连朝夕韵。最惊心、春可仄光暐晚，又过寒食叶。落可平尽一可平番新桃李，芳草南园似积叶。但可平燕子、归来幽寂叶。况可平是单可仄栖饶惆怅，尽无聊、有可平梦寒犹力叶。春意远，恨虚掷叶。　东君自是人间客叶。暂时来、匆匆却去，为谁留得叶。走可平马插可平花当年事，池畹空余旧迹叶。奈可平老去、流光堪惜叶。杳可平隔天可仄涯人千里，念无凭、寄可平语长相忆叶。回首处，暮云碧叶。（毛开）

上词，按《历代诗余》"寄语长相忆"句，"寄语"作"为寄"。

《秋思耗》，又名《画屏秋色》，一百二十三字，前段十一句，后段同，共十三韵。式如下：

堆枕香鬟侧韵。骤夜声、偏称画屏秋色叶。风碎串珠，润侵歌板，愁压作平眉窄叶。动罗筐清商，寸心低诉叙怨抑叶。映梦窗、零乱碧叶。待涨绿春深，落花香泛，料有断红流处，暗题相忆叶。　欢夕叶。檐花细滴叶。送故人、粉黛重饰叶。漏漫琼瑟，丁东敲断，弄晴月作平白叶。怕一曲霓裳未终，催去骖凤翼叶。叹谢客作平、犹未识叶。谩瘦却东阳，灯前无梦到得，路隔重云雁北叶。（吴文英）

此调或云自"润侵"至"春深"，与后"丁东"至"东阳"相同。"动罗筐"以下十二字，于"商"字分豆；"怕一曲"以下十二字，于"终"字分豆。然总之十二字一气，平仄不差，语句分豆，不拘也。或谓"客"字亦是叶韵，"灯前无梦"四字句与前"落花香泛"同，"到得"二字句叶韵，"路隔"亦二字句叶韵，"重云雁北"四字句叶韵，俱用去入二声，为此调促拍凄紧之处。此说甚新，然不敢从，姑采其说于此。

《兰陵王》，一百三十字，第一段九句，第二段八句，第三段十句，共十八韵。式如下：

　　汉江侧韵。月可平弄仙人佩色叶。含情久，摇曳楚衣，天可仄水空漾染娇碧叶。文漪簟影织叶。凉骨叶。时将粉饰叶。谁曾见、罗袜去时，点可平点波间冷云积叶。　　相思旧飞鹢叶。谩想像风裳，追恨瑶席叶。涉可平江几可平度和愁摘叶。记可平雪映双腕，刺紫丝缕，分开绿可平盖素袂湿叶。放新句吹入叶。　　寂作平寂叶。意犹昔叶。念净社因缘，天许相觅叶。飘萧羽可平扇摇团白叶。屡侧卧寻梦，倚栏无力叶。风标公子，欲下处，似去声认去声得叶。（史达祖）

此调，案《隋唐嘉话》："齐文襄长子长恭，封兰陵王。与周师战，勇冠三军。武士共歌谣之，曰《兰陵王入阵曲》。"此调名所始也。又案：此调后结，必用六仄声，以仄去仄去去入为最合。

《多丽》，又名《绿头鸭》，一百三十九字，前段十三句，

后段十一句,共十二韵。式如下:

晚山青韵。一可平川云可仄树冥冥叶。正参可仄差、烟可仄凝紫可平翠,斜可仄阳画可平出南屏叶。馆娃归、吴可仄台游可仄鹿,铜可仄仙可仄去、汉可平苑飞萤叶。怀可仄古情多,凭可仄高望可平极,且可平将樽可仄酒慰飘零叶。自湖可仄上、爱可平梅仙可仄远,鹤可平梦几时醒叶。空留得,六可平桥疏可仄柳,孤可仄屿危亭叶。　待苏堤歌可仄声散可平尽,更可平须携可仄妓西泠叶。藕花深雨可平凉翡翠,菰可仄蒲可仄软风可仄弄蜻蜓叶。澄可仄碧生秋,闹可平红驻可平景,采可平菱新可仄唱最堪听叶。见一可平片、水可平天无可仄际,渔可仄火两三星叶。多情月,为可平人留可仄照,未可平过前汀叶。(张翥)

上词《词品》言为石孝友作,今查《金谷遗音》不载,而张仲举《蜕岩乐府》自注云:"西湖泛舟,席上以'晚山青'为起句,各赋一词。"且玩其字句,非蜕岩无此手笔,其为张词无疑矣。
《夜半乐》,一百四十四字,三段,第一段十句,第二段九句,第三段七句,共十二韵。式如下:

冻云黯淡天气,扁舟一叶,乘兴离江渚韵。渡万壑千岩,越溪深处叶。怒涛渐息,樵风乍起,更闻商旅相呼,片帆高举叶。泛画鹢、翩翩过南浦叶。　望中酒旆闪闪,一簇烟村，数行霜树叶。残日下、渔人鸣榔归去叶。败荷零落，衰杨掩映，岸边两两三三，浣纱游女叶。避行客、含羞笑相语叶。　到此因念，绣阁轻抛，浪萍难驻。叹后约丁宁竟何据叶。惨离怀、空恨岁晚归期阻叶。凝泪眼、杳杳神京路叶。断鸿声远长天暮叶。（柳永）

此调三段，首"渡万壑"以下，与中段"残日"以下同。虽"渡万壑"二句，上五下四；"残日"句应三字豆，然语气一贯，不拘也。中段起亦六字。《图谱》于"斾"字分句，误。闪闪而动，正言酒斾，不可指烟村。中段尾"笑相语"，正对首段尾"过南浦"，同为仄平仄，而各刻俱作"相笑语"，误甚。

《戚氏》，二百十二字，前段十四句，中段十二句，末段十五句，共廿四韵。式如下：

晚秋天韵。一作平霎作平微雨洒庭轩叶。槛菊萧疏，井梧零乱，惹残烟叶。凄然叶。望江关叶。飞云黯可平淡夕阳间叶。当时宋玉悲感，向此作平临水与登山叶。远可平道迢递，行人凄楚，倦听平声陇可平水潺湲叶。正蝉鸣败叶，蛩响衰草，相应声喧叶。　孤馆度日如年叶。风露渐变，悄悄至更阑叶。长天静，绛河清浅，皓月婵娟叶。思绵绵叶。夜永对景，那堪叶。屈指暗想从前叶。未名未禄，绮陌红楼，往可平往经岁迁延叶。　帝里风光好，当年少日，暮宴朝欢叶。况有狂朋怪侣，遇当歌对酒竟留连叶。别来迅景如梭，旧游似梦，烟水程何限仄叶。念利名憔悴长萦绊仄叶。追往事、空惨愁颜叶。漏箭移稍觉轻寒叶。听呜咽作平画角数声残叶。对闲窗畔，停灯向晓，抱影无眠叶。（柳永）

此调《图谱》于"然"字不注叶，失一韵矣。"远道迢递"，《谱》云可"平平平平"；"蛩响衰草"，《谱》云可"仄平平仄"；"风露渐变"，《谱》云可"仄平平仄"，均误。

《莺啼序》，二百四十字，第一段八句四韵，第二段九句四韵，第三段十四句六韵，第四段十四句四韵，共十八韵。式如下：

残寒正欺病酒，掩沉香绣户韵。燕来晚、飞入西城，似说作平春事迟暮叶。画船载、清明过却，晴烟冉冉吴宫树叶。念羁情、游荡随风，化为轻絮叶。　十载西湖，傍柳系马，趁娇尘软雾叶。溯江渐、招入仙溪，锦儿偷寄幽素叶。倚银屏、春宽梦窄，断红湿、歌纨金缕叶。暝堤空，轻把斜阳，总还鸥鹭叶。　幽兰旋去声老，杜若还生，水乡尚寄旅叶。别后访、六桥无信，事往花萎，瘗玉埋香，几番风雨叶。长波妒盼，遥山羞黛，渔灯分影春江宿叶。记当时、短楫桃根渡叶。青楼仿佛叶。临分败壁题诗，泪墨作平惨淡尘土叶。　　危亭望极，草色天涯，叹鬓侵半苎叶。暗点检、离痕欢唾，尚染鲛绡，㜺凤迷归，破鸾慵舞叶。殷勤待写，书中长恨，蓝霞辽海沉过雁，谩相思、弹入哀筝柱叶。伤心千里江南，怨曲重招，断魂在否叶。（吴文英）

词调最长者，惟此序，而最难订者，亦惟此序。盖因作者甚少，惟梦窗数阕与《词林万选》所收黄在轩一首耳，其中句法字法，多有不一。今姑列吴文英一式，余从略。

本次整理征引文献

李一氓校:《花间集校》,人民文学出版社1958年版。
唐圭璋编:《全宋词》,中华书局1965年版。
戈载:《词林正韵》,上海古籍出版社1981年影印本。
万树:《词律》,上海古籍出版社1984年影印本。
王沂孙:《花外集》,中华书局1985年版。
姜夔:《白石道人歌曲》,中华书局1985年版。
方成培:《香研居词麈》,中华书局1985年版。
赵崇祚编:《花间集》,上海古籍出版社2002年版。
唐圭璋辑:《词话丛编》,中华书局2005年版。
杨慎:《词品》,上海古籍出版社2005年版。
刘勇刚笺注:《水云楼诗词笺注》,上海古籍出版社2011年版。
卓人月辑:《词统》,明崇祯间刻本。
沈辰垣辑:《历代诗余》,文渊阁《四库全书》本。
《钦定词谱》,清康熙五十四年(1715)内府刻本。
王昶辑:《国朝词综》,清嘉庆七年(1802)王氏三泖渔庄刻增修本。
蒋春霖:《水云楼词》,《江阴先哲遗书》本。
朱彝尊:《曝书亭集》,《四部丛刊》本。